皇居勤労奉仕

～夢を追い続け　奉仕に生きて～

もくじ

まえがき

私は幼少年期、戦前戦後の混乱に巻き込まれた。中学校もそこそこに一三歳の時、大阪梅田にあった丸井組運送店に勤めたのが、社会生活の第一歩であった。

一五歳の時、中学校卒業年齢に達し、日本出版販売株式会社大阪支店に入社した。しかし、履歴書に中学校一年中退と書いたのが間違いで、臨時雇いとしての入社であった。日販における当時の労働条件はひどいもので、一カ月に約二〇〇時間の早出・残業を強いられるなど、私に対する会社側の扱いは劣悪であった。組合が同情して、私の労働条件の改善を求めてくれた。しかし、数回の交渉にも応じてくれなかったため、組合は他の問題を絡めてストライキに突入した。

結果、会社側のスト崩しにあい、機動隊との抗争の末、当時のスト関係者四七名が逮捕された。私と委員長は天満橋警察署の留置場に入れられたが、未成年であった私は二〇日間の留置を解かれ、処分保留釈放となった。

その時の母の言葉が「お前は悪くはない、時代が悪かったのや」。この言葉はその後の私の宝となった。

赤のレッテルを貼られた私のその後の職業は、書店員、米屋の坊主、豆腐屋の店員等々であった。二〇歳にはキリスト教に入信し、熱心なキリスト教信者としての生活を送った。倉庫のクレーンの運転手をする傍ら、結婚し、それと同時に玉造経理専門学校に通い、二年間の勉強で簿記会計一級を取得した。そして、西宮北口にあった（株）松田組に入社し、経理課に勤務する。

しかし、長年の心労により体調を崩して、九年で経理課を解かれ、資材課主任に降格。その後、教会の友の経営する旅行会社に経理専門家として入社するも、ここも一年半で倒産して、日本奉仕会大阪支部に入り、皇居参観・皇居勤労奉仕と出合うことになった。のちに旅行会社を立ち上げて、数年後には年間五、六億円の売上を見たが、家庭には恵まれず、次男を一八歳の時に癌で亡くし、二三年添い続けた妻とは離婚、再婚の妻には二〇年後に浮気で去られた。その間、阪神淡路大震災や東日本大震災等による旅行業界の衰微と社員問題で悩まされた。

たまたま、添乗中のホテルの部屋で時間があったので、自分の過去を思い起こしながら書きためたものをワープロに打ち込み、その後パソコンに移し替え、手製の自叙伝を作っていた。これが今回の上梓につながる原稿となった。

第一章　皇居特別参観旅行

……皇居勤労奉仕に携わるまで

『古典はこんなにおもしろい　岩佐美代子の眼』という本に目が留まった。さっそく買って読んでみると、彼女の生い立ちのところに「鳥居きん子先生」という教師の名前が出ていた。

鳥居きん子先生とは、もしかして私の元妻が教わった土山きん子先生のことではないかと察し、読み進めてゆくと果たして土山きん子先生であることが分かった。

私が昭和三〇年代に通っていたキリスト教会とつながりのあった、大阪キリスト教短期大学校の創立者・土山牧羊学長の義母が、そのきん子先生で、私の最初の妻の恩師でもある。きん子先生が学習院初等科の先生をされて、昭和天皇のご長女照宮様をお教えになられていたことを聞かされていたが、そのことが『岩佐美代子の眼』のなかに書かれていて、親しみを感じて一気に読み終えた。

鳥居きん子先生は学習院初等科の先生を引かれた後に、当時、大阪の西成で貧者の救済活動とキリスト教の伝道に従事されていた土山鉄次牧師に嫁がれ、牧師との間に一子をもうけられた。その一子が土山牧人。しかし、土山牧師は二度目の結婚で、先妻との間に三男一女がすでにおられた。

私は、昭和五一年二月に（財）日本奉仕会関西支部に入った。

この日本奉仕会関西支部の責任者が土山牧人であった。残念ながら彼は親の意に反して、幼少より手に負えない児に育ち、きん子先生や家族の人達の負い目になっていた。私も一時期、きん子先生に頼まれて生活を共にしたことがあった。

土山牧人との偶然の巡り合わせに神の摂理を感じながら、私は日本奉仕会の基本事業の皇居特別参観旅行に携わることになった。

皇居特別参観旅行とは、皇居の新宮殿（現在は宮殿と言う）を中心に皇居内を約一時間半ほどかけて参観するものである。昭和五〇年代は高度成長期で、特に各地区の老人会組織が確立して盛んに活動をしていた時期であり、この研修旅行は大ヒットした。

皇居特別参観旅行の風景と九段会館

皇居特別参観旅行は二泊三日で実行される。地方受けは大阪南港より二泊三日。まず初日は、各地区から出発して名神高速から東名高速を一路東京へ。毎回四、五台で編成して行くが、当時は関西方面から東京に行くことはまれで、観光バスの運転手もガイドも大張り切り。ただし、観光バスの性能は今日より劣り、富士山麓の裾野辺りから御殿場までの長い坂道は運転手の腕の見せどころであった。

都内に入っても、大方の運転手は東京が初めてで、先頭車に遅れるとたちまち「迷いバス」になってしまう。当時は携帯電話もなく、無線設備をそなえた車も数少なかった。信号を無視しても前の車に付いて走らなければならない。

都内の宿泊所としては、九段下の九段会館を主に使っていた。九段会館は戦時中には軍人会館として使用されていて、皇居や靖国神社に近く、現在は日本遺族会の事務局が置かれ今日に至っている（東日本大震災で使用不能となる。建物は現存する）。

財団法人日本遺族会が、ホテル部門・結婚式部門・九段会館部門（会館の大会堂の運営等に分かれて運営しており、我々はホテル部門とのお付き合いになる。

しかし、これがまた大変で、九段会館の職員の大半が日本遺族会の関係者で占められていた。役所の人間と仕事をしているような堅苦しさを感じ、柔軟性のない仕事ぶりに手を焼くことがしばしばであった。

彼らの上司は、官庁からの天下りが多く、お客へのサービスよりも自分達の立場をいかに維持してゆくかを気にしていた。

一例を示すと、売店に問題があった。

我々地方から上京して来る者は、スケジュールを過密に組んでいる関係で、九段会館の到着時間は早くとも一七時過ぎになる。それからも二百数十人の人達が各自の部屋におさまるのに時間がかかり、入浴と夕食が終わると二〇時を大きく回ってしまう。

翌朝の朝食がまた早く、六時三〇分。九段会館を七時三〇分に出るのである。ところが、九段会館の売店の営業時間は、午前九時から午後五時。お客様が到着した時には売店は閉店してしまい、朝には我々が帰った後からのオープン。これでは誰のための売店なのか分からない。

当時の宿泊課長に、売店の営業時間を宿泊客の滞在時間に合わせるように要望したが、職員の就業規則に反すると言って取り合ってくれない。

営業成績は上げたいが、職員の就業時間は変えられないと、矛盾した話で折り合いが付かない。そこで私は一つのことを提案してみた。

昼食の場所を九段会館に変えることである。それまで昼食は皇居前広場の楠公食堂で食べていた。

私は日本奉仕会関西支部の業務部長をしていて、お客側の全責任を任されていた。この当時、年間約二万人の人達の旅行の春季分を扱っていたので、秋季の約六〇〇〇人の昼食を九段会館に変更する提案をした。

九段会館の宿泊課長はこの提案に乗り気で、具体的な話に入った。しかし、昼食代一食五〇〇円と聞き課長は尻込みをした。

昭和六〇年代のことであったが、九段会館側は五〇〇円の昼食は受けかねると躊躇した。ホテルに準じた所での昼食代が五〇〇円では安すぎる、と言いたいらしい。私は課長と係長の二人を楠公食堂に連れて行き、そこで出されている昼食弁当を見せた。彼らは納得できたらしい。つまり彼らは、自分の先入観で物事を見ていて、調査も研究もしていなかったのである。

その年の秋から昼食を九段会館でとることに決定した。

九月に入ると団体が動き出した。毎回、二〇〇名以上の皇居特別参観団が九段会館に泊まり、翌日の昼食に立ち寄ることになった。

お客は、前の晩に泊まっていて館内の様子が分かるため、昼食の案内にも混乱することがなく、食後に売店でお土産を調達することが可能になった。

しかし、ここで一つ問題が生じた。九段会館の売店は間口が狭く小さな売店であったので、一度にお客が殺到して大混乱に陥ったのだ。

また、私が「東京でお土産を買えるのはこの場しかありません」と言ったため、煽られるようにしてお土産を買おうとした。これは私の戦術？


人の頭越しに一万円札を渡しながら買い物をしている姿は異様であったが、百貨店のバーゲンセールの様子を見ているようで、三〇分ばかりの時間はアッという間に過ぎた。買い求めたお土産の袋をさげて、満足げにバスに乗り込むお客を見て、私も満足した。九段会館側も、あまりの購買意欲に圧倒されていた。課長はさっそく私に、売上の報告をしてくれた。なんとバス一台の平均の売上が約三〇万円。五台であれば一五〇万円になる。九段会館で昼食をとったことにより、充分に営業効果が挙がった。

ところが、翌週に次の団体を連れて九段会館に行くと、売店は以前の三倍に広げられ、廊下にまで仮設の棚が設けられていた。私はそれを見て担当者に注意をした。私の予想が当たり、この日の売店の売上は前回の半分以下になった。無論、客の購買力は地域で異なるが、この日の団体は先回と同じ方面の方達であった。

ではなぜ売上が下がったのか。その答えは、売店を広げて購買者に品物を選ぶ余裕を与えてしまい、先回のように衝動的な気持ちになることがなかったため、品物のよしあしを吟味をしている間に出発時間がきて、結局買い物をせずにバスに乗り込み、次に移動をしてしまった、ということである。

九段会館の宿泊課長は、私の意見を取り入れて次に備えると言った。

次回からは売店を元どおりに戻した。お客の反応を見ると、初回と変わらず売店に殺到して時間内に土産を買おうと懸命になっている。お客には悪いと思うが、これも商売のコツだ。ご辛抱願った。

バス中のお客も満足そうな表情であったし、九段会館の宿泊課長にも大変喜んでもらえた。私も自分の思惑が当たったのを見てまんざらでもない気持ちで、三方良しの結果を見た。

秋季の売店の売上は、バス一三〇数台で三〇〇〇万円近くあったらしい。しかも、昼食代と宿泊料とを加えると、七〇〇〇万円前後の売上を得たことになる。その年末には、宿泊課長と係長が私のところにお礼を兼ねて来阪され、共にクリスマスの大阪・ミナミに繰り出した。年末風景を取材していたテレビカメラに映し出され、九段会館の職員に見つかると言ったおまけまで付いた。

靖国・皇居・国会・明治神宮

皇居参観当日は宿所の九段会館を七時三〇分に出発して、まず靖国神社を参拝する。靖国神社に到着すると、正式参拝をするために参集殿に入り、神官に案内されて本殿前のお祓い所でお祓いを受け昇殿し、代表者の榊の奉納と参拝に合わせて全員で拍手を打ち、一分間の黙祷をし、神官の言葉をいただき直会を受けて下がるのである。厳粛な一時である。

皇居参観は、午前と午後の二回行われるが、我々の団体は午前の参観であった。皇居桔梗門《ききょうもん》の前に整列し、皇宮警察の係官に人数の確認をしてもらい、皇居内の窓明館《そうめい》に入るが、当時の窓明館は昔の兵舎のような建物で、床はなく土間のままであった（平成に入り新しい建物が横に建てられた）。

学校の教室のような机と椅子が並べられており、前方から順に間を置かずに座らされ、参観の担当の方から皇居内参観についての説明と注意がある。当時の係官は小川さん。のちに近藤さんに代わられたが、いずれの方も声がよく通り、印象深い説明をされていた。窓明館の管理者に肥田さんというご婦人がおられ、この方が日頃館内を仕切っていて、何か不始末があると怖い顔をして睨まれる。皇居は簡単に入ることができない所、と思っている我々には恐ろしい方であった。

参観までに時間があると、館内の売店で、この場でしか買えない皇居のお土産を買うのであるが、数百人が殺到するため、一時は戦場のような状態になり大変である。菊の御紋章の入ったお土産は貴重な品物であった。

それからいよいよ参観に移る。幾組かの団体に分かれているため、それぞれの団体は窓明館の前庭に四列で並び、先導者に従い参観に入るのであるが、我々の団体が毎度先頭を歩かせていただいていた。

我々の団体はおよそ二五〇名。他の団体は数組あわせて二五〇名。合計五〇〇名が参観をする。

参観は、東御苑（江戸時代の本丸）の端にそびえている富士見櫓の説明から始まる。富士見櫓は明暦の大火（明暦三〈一六五七〉年、一月一八日から二〇日にかけて、江戸市内の大半を灰燼にした大火事。俗に「振袖火事」という）で本丸が消失したあと、天守閣の代わりになったものであるらしい。富士見櫓の石垣の下が蓮池濠で、歩き進むと前方に宮内庁庁舎がある。

宮内庁の庁舎は戦災を免れた。焼失した明治宮殿の代わりに新宮殿が建つまでの間、宮殿の一部として使用されていて、新年の参賀は宮内庁のバルコニーで受けられていた。

宮内庁の前の通りは乾門通りと言って、現在の皇居を二分する大通りである。南側にある門は坂下門と言い、宮内庁の職員の通用門になる。

宮内庁の前の緩やかな坂をのぼると、まず眼前にひらけてくるのが、石畳の広大な広場（東庭《とうてい》）。その右手に新宮殿の建物が美しく建てられている。

そこで我々参観者は係官の説明を聞く。新宮殿は、昭和三九年七月に起工し、昭和四三年一〇月に完成、翌年の四月から使用開始となった。

深い軒の出をもつ勾配屋根をかけた鉄骨鉄筋造りで、地上二階、地下一階、のべ床面積六九四二坪の建物である。

天皇陛下がご公務をお執りなる表御座所、儀式・行事に使用する正殿、参殿者の休所として使用する千草の間・千鳥の間、国賓の宮中晩餐や天皇誕生日の宴会等に使用する豊明殿、宮中午餐、茶会等に使用する蓮翠、拝謁等多目的に使用する長和殿などからなり、これに中庭、東庭《とうてい》、南庭《なんてい》が配されている。

以上のような説明がなされる。新宮殿を右手にして正面に見えるのが二重橋。東庭《とうてい》から二重橋を観て、折り返して宮内庁の前に戻り、乾門通りを北に進み、左に道灌堀を眺め、蓮池濠の詰橋《はねばし》を渡る。その先の急な坂道が狐坂で、それを上り詰めると、江戸時代の本丸跡と大奥跡付近に出る。すなわち東御苑の中心地。

東地区は東御苑として一般開放されていて、本丸跡・二の丸跡等が整備されている。本丸跡には広大な芝生の庭園が広がっているが、この場所は震災等の避難場所に指定されている。また、ここは我々が興味のある、松の廊下跡や奥大奥、中大奥等のあった場所である。振袖の大火で消失した天守閣跡や、香淳皇后還暦記念の桃華楽堂、宮内庁書陵部、楽部等の建物を観ることができる。

本丸から二の丸に下る坂が汐見坂である。その辺りの石垣を野面積みと言い、石垣の工事に従事した藩の印が刻まれていると説明がされる。

この坂から昔は海が見えたので汐見坂と名付けられたと言われる。現在は丸の内界隈のビルが建ち並ぶ姿や、真下の二の丸庭園を美しく見せてくれるところである。

二の丸庭園のプラタナスの並木（昭和六〇年頃までの風景。昭和天皇の「武蔵野の風情を残したい」というご希望のため、現在はこの辺りにプラタナスの並木はなくなっている）を左に見ながら参観最後のコースに移り、大番所・百人番所・同心番所等を観る。

江戸時代の正門、大手門から入ると、最初にあるのが同心番所。鍵の手に左に折れると、左手に長屋のような建物が見える。これが百人番所で、むかし弓組、鉄砲組の一〇〇人が警備をしていた。この辺りの石垣は、横約二メートル、縦約三メートルの巨石で組まれてあるが、この石は小豆島から運ばれたと言われている。その巨石のところを入ると大番所で、江戸城の本丸に入るまでの最後の関所？である。

以上で参観は終了する。現在の参観コースは前半の宮殿を中心に、多少違ったコースに組み替えられている。当時は渡れなかった二重橋が渡れるし、皇居東御苑は希望者のみ自由に参観できるようになっている。

約一時間半の参観を終えて、桔梗門から退出し、迎えのバスに乗り、皇居前広場にある楠公食堂で昼食。当時は都内で昼食をとれる施設が少なく、仕方なく楠公食堂で昼食をとった（その後、九段会館に変更した）。

宮内庁バルコニー参賀

楠公食堂は、我々の団体と修学旅行の生徒で満杯であった。食堂の店員の態度の横柄なのには閉口したし、食事もまずかった。その上、味噌汁はバケツに入っていて、それを汲む杓子は一般には水撒きに使う柄杓《ひしゃく》であった。その柄杓でお椀に入れるのである。現在ならお客から苦情が絶えないだろう対応でも、当時は通ったようだ。

楠木正成の銅像の前で記念写真を撮り、バスに乗り換え国会議事堂に向かう。車窓から日比谷公園や桜田門を眺め、警視庁前から正面にある国会議事堂の裏手に回り、衆議院の通用門から国会内に。

団体の関係先の議員の手配を受けて議事堂の見学をするが、大方の人ははじめて入る国会議事堂に関心と興奮を抑えながら、衛視の案内にしたがって階段をのぼり、本会議場に入り説明を受ける。足の弱

左は現在の宮殿

昭和 20 年 5 月 25 日夜　焼け跡となった宮殿跡（上）

い方は秘書の案内でエレベーターを使わせてもらう。大勢の年寄りの案内役はなかなか骨が折れる。

現在では、本会議場の説明は備え付けのテープで聞けるようになっているが、当時は衛視が説明をしていた。衛視によっては声が聞き取りにくい場合があり、何度か行っているうちに聞き覚えて、ある時から私が説明をするようになった。

青年時代にキリスト教に入っていたため、人前で話すことには慣れていた。それが生かされ、私の説明は好評を受けていたと思われる。

国会議事堂の概要

国会議事堂の建設が始まったのは大正九年。昭和十一年に完成した。日本国内の資材を使い、東京芸術大学校の学生達の手で内装を施し、世界に誇る建造物として戦禍にも遭わず今に至っている。

国会議事堂は、正面右側が、参議院の本会議議場および各党の控え室や委員会室になっていて、正面左側が、衆議院の本会議議場および各党の控え室や委員会室になっている。両議院は全く同じように造られているが、本会議場だけが一部異なっている。

国会の開催に当たっては、天皇陛下が開会のお言葉を述べられるが、この時、衆参両議員全員が参議院の本会議場に集まる。天皇陛下の御席は参議員議長の後の上段にある。一方、衆議院では、天皇陛下の御席は一般傍聴席の中央に造られていて、傍聴のみにお越しになるようになっている。

しかし、今日まで一度も衆議院の傍聴はなされていないらしい。

国会議事堂の中央塔の四隅の壁面には、日本の四季を描いた四枚の油絵がある。春の吉野山・夏の十和田湖・秋の日光・冬の日本アルプス。

国会議事堂の正面をのぼりきったところに天皇陛下ご臨席のおりの「御休所」がある。

総工費の一割を費やしたとされるこの部屋の造作は、総檜造りの本漆塗り。外側の上部の飾り部分には徳島県阿南市産の不如婦という石を使用するなど、材質や装飾は議事堂の中でも特に匠を凝らした華やかなものとなっている。

国会議事堂の見学を終えると次は明治神宮の参拝

議事堂から青山通りに出ると、すぐに、衆議院議長公邸と参議院議長公邸が左に見えてくる。そのまま赤坂見附の交差点を通過して、もともと大岡越前守の屋敷であった豊川稲荷東京社前や高橋是清の屋敷跡公園を左右に見ながら、東宮御所や各宮家のお住まいの赤坂御用地を右に青山の交差点を進み、神宮外苑前から表参道に入って行く。

表参道の左右の歩道には欅《けやき》の並木が続き、青山通りから入ってすぐ左側には森ハナエビルが華やかに建っていて、右側には東京で一番古い公営アパートが建ち並んでいる。表参道に面したアパートには若者向きの洒落た店が入っている（しかし、現在はそのアパートは取り壊されて趣が変っている）。

原宿の交差点に差しかかると、急に人通りが多くなる。奇抜な服装をした若者が闊歩《かっぽ》していて、皇居内を歩いてきた我々には決していい眺めではない。

参宮橋を渡ると、先ほどまでの騒がしい風景ががらっと変わり、鬱蒼とした神宮の森があらわれる。これから本殿に向かう者の心を整えてくれるようだ。

駐車場から本殿に通じる道の入口には空を衝くような大鳥居がそびえている。説明によると、これは台湾から寄進された、樹齢千年の大木によって建てられたもので、三人が手を回しても抱えきれないほど太い、立派な鳥居である。

大鳥居をくぐり、玉砂利を踏みしめて進んで行き、拝殿に整列してお祓いを受け、ご本殿前で正式参拝をさせていただく。

これで東京での一連の行事を終えることになる。早朝から参加されている高齢者の方々も、午後三時を過ぎ、お疲れの様子。

伊豆の伊東温泉へ

午後三時頃から、二泊目の伊豆の伊東温泉にバスで向かう。首都高速から東名高速に移り厚木ＩＣから厚木小田原道を経由するが、平塚にあったへそまんドライブインでトイレ休憩とお土産の購入時間を取る（このへそまんも現在はなくなっている）。

真鶴半島から熱海に入り、車窓からお宮の松を眺める。ところが、錦ヶ浦の景勝地を通る頃には夕暮れが迫り、せっかくの景色を観ることができず残念な通過となる。伊東温泉のホテル暖香園への到着が早くて一七時半（途中からホテル聚楽に変わる）。

このホテルの女将さんが、戦後間もないころに東映映画の時代劇に出ていた御影京子であった。気分のよい時には玄関先に出て迎えてくれるが、女優気分が抜けないのかドレス姿でご登場し、顰蹙《ひんしゅく》を買っていた。

毎回バス五、六台で行くが、人数にして二五〇名から三〇〇名の大団体。ホテルに到着して全員を部屋に落ち着けるまでが一仕事。参加者の大半は六〇過ぎの老人で、八〇歳を超した人も多く見かける。

部屋に落ち着く間もなく入浴を済ませて、お待ち兼ねの大宴会。

これがまたまた大変な作業である。まず号車別に席を並べるが、各号車の中でもグループ別に席を区分けしなくてはならない。そのあと、ホテルの女中と添乗員で手分けして、それぞれの席に案内をする。ところが、中には自分のグループが分からず、他の席にすまし顔で座ってしまい、すでにお膳の料理にお箸を付けてしまっているおじいちゃんがいたりする。

なんとか時間内に全員が座ったところで、代表者の挨拶と乾杯が始まる。

この代表者がまたまた問題で、二五〇名を前にして有頂天になってしまい、たいていは長口舌が始まるから、司会者が調整をしながら進行をしなければならない。

その後のツアーと違って、当時はカラオケのない時代だったので、司会者の都合に合わせて進行することができた。ホテル到着までの車中で、ガイドに演芸に出る希望者を募ってもらい、それを集計して簡単なプログラムを作っておいてから宴会に臨むので、二時間の宴会の進行はわりあい上手く進めることができた。

宴会の終わりには必ず全員起立して万歳を三唱するのであるが、このタイミングがなかなか難しい。しかし、二五〇名のお年寄りが声をそろえて万歳三唱し、喜びを語りながら売店や部屋に去っていく姿を見ると、朝からの強行軍の疲れも吹っ飛び、仕事冥利に尽きる思いがする。

皇居参観旅行最終日

朝食の案内が、またまた一仕事。しかし、朝食は号車別でなく、来られた方から順々に席に着いて、食べていただく。ただし、女中さんや我々が少し手を抜くと、席に気ままに座ろうとして、順を違える人がいるので、これもまた大変な仕事である。

ホテルを八時に出発。ホテルを出て間もなくお客の要望で干物屋に立ち寄り、お買い物タイム。伊豆方面は干物が名物なのである。東京でお土産を買ったことを忘れたように、ここでも争うようにして干物を買い漁る人たち。

宇佐美から亀石峠に出て、伊豆スカイラインを十国峠を経由して渡り、箱根峠から芦ノ湖に至る。

この頃、箱根の関所跡には昔を復元した関所が建っていた。芦ノ湖は垣根から関所跡を自由に観ることができたので、しばらく散策を楽しむ。日によっては芦ノ湖の向こうの山の上に富士山の雄姿を観ることができた。

箱根峠を下り、皇居特別参観旅行の最後の目玉、三島大社に到着。

三島大社は、その昔、源頼朝が、平家討伐に立ち上がったときに、戦勝祈願をした神社で、伊豆の国一ノ宮として名立たるお宮である。

今でこそ旅行を自由に満喫することができる時代になっているが、三〇数年前のこの頃はまだ珍しく、社歴千数百年に及ぶ三島大社はえも言えぬ場所として、ありがたくお参りをさせてもらった。

境内には頼朝が参詣の折りに腰掛けたと言われる腰掛石が置かれてあり、舞殿の側には、天然記念物の樹齢千数百年の金木犀《きんもくせい》が雄々しく立ち、鳩の舞う境内で子守りをしている老翁の姿が、時代を錯覚させる。

昔の人と現代の人が、同時にその場にいても違和感のない場所が神社やお寺だと思える。その時代の人々の想いや行動がこの地、三島大社で展開されていたことを想像するだけでも心が躍る。

単に私個人でそういう感情を抱くわけでなく、多くの参加者が参詣する姿を見て、その思いに浸れるのである。

最終日の昼食場所は、三島大社から数分の沼津小川観光センター。この小川観光センターの女将さんがまたいい。しかし、初めて会った時の印象は、金髪で化粧の濃いガラガラ声のおっかない?女性であった。

これは育ちと環境の違いにすぎなかった。その後、仕事上三〇数年のお付き合いが続いた。

小川観光センターの昼食を終えると一路、関西方面に帰る（四国・九州方面の方は大阪南港へ）。これが一連のコースである。

皇居参観の風景や思い出の数々

天皇をお天子様と言われた元老先生（乳母車で奮闘）

奈良からお越しのお方であったと思う。旅行の数日前に電話で「この度、皇居の参観旅行に参加をさせていただく者ですが、乳母車を持って乗っては駄目ですか？」との問い合わせがあった。

私は意味が分からず、聞きなおすと、電話は今度母娘で参加をされる方の娘さんのほうからで、お母様の付き添いで娘さんも参加をされるとのことであった。

乳母車のわけを聞くと、皇居内の歩行に困難が生じるので乳母車を用いたい、と言われた。今日でこそ高齢者が手押し車を杖代わりに利用するのが普通になったが、昭和五〇年代後半には乳母車が杖代わりとは想像もつかなかった。

旅行当日、集合場所にお二人が見えた。お母様が九〇歳を少し越されたおばあちゃま、娘さんは六〇過ぎ。折り畳みの乳母車をお持ちになっている。

乳母車はバスのトランクに入れておいたが、初日は一度も使用されることがなく、途中で乳母車をどうするか聴いてみた。娘さん曰く「皇居の参観のときに使います」。

参観当日に桔梗門前で皇宮警察の人数確認を受けるため四列で整列をした。

私が気配りをできるように、乳母車のおばあちゃんには最前列に並んでもらった。おばあちゃんを乳母車に乗せて娘さんが押すものと思っていたが、おばあちゃんが取っ手を持っており、娘さんはすまし顔でおばあちゃんの横に立っている。いったい乳母車をどのように使うのか分からず、参観の列が動き出した。

乳母車のおばあちゃんは、取っ手に全身を寄せ掛けて歩き出した。このスタイルは、最近でこそ街中でよく見掛けるが、当時とすれば斬新な思い付きで、私は感心をしてお二人のなりゆきを見守った。

五〇〇人以上の参観者の先頭を行くおばあちゃん。すぐ異変が起きた。

乳母車のないときのおばあちゃんは娘さんに手を引かれヨチヨチ歩きだった。ところが、乳母車を持って歩き出すと、後の列のことはおかまいなく、さっさと歩いて歩調の調節に困りはじめた。乳母車にはコマが四つ付いているため、歩く速度が速くなる。しかもまっすぐに歩けない……。

初めのあいだは娘さんがおばあちゃんの横にいて方向を変えたり、速度を抑えたりしていたが、途中で娘さんがダウンしてしまい、仕方なく私がその役を果たすことになった。

いざおばあちゃんの傍で調整の手伝いをしてみると、全身を乳母車に持たせかけているので、方向を変えたり速度を抑えたりするのに相当な力がいり、私自身も最後はヘタヘタになった。

無事、参観を終えて、九段会館で昼食となった時に、娘さんから呼び出された。おばあちゃんの傍に行くと「先程は大変にお世話様になりました。この年になってお天子様のお住まい処に伺わせていただき本当に嬉しゅうございます」と言われ、無造作に新聞紙に包んだピース一〇箱をくださった。

部屋を間違えたおじいさん（ホテル暖香園にて）

この方は、高知からの参加者だったと思う。毎回のことながら、伊東のホテル暖香園に到着する頃は疲れが頂点に達していて、宴会が始まる前に一風呂浴びるようにしていた。ある時、浴場の中で一人のおじいちゃんが髭の深剃りをしてしまい、タオルで押さえても血が止まらず、部屋まで同行して手当てをしてあげた。

大勢の高齢者をお連れしての旅行のため、ホテルでは毎回、深夜に一度夜回りをしていた。その日の夜も、ホテル内の風呂場から、各階の洗面所の中などを見て回っていた。そのとき、三階と四階の階段の中ほどに腰をかけて、居眠りをしている人を見付けた。声をかけると、そのおじいちゃんに見覚えがあった。頬に私が手当てをしてあげた絆創膏が張られてある。「おじいちゃんどうしたのですか?」と訊ねると「便所に行きたくなったので、外の便所に行ったら部屋が分からなくなり、ここでうたた寝をしてしまった」と。

このおじいちゃんは確か四階だったと思い、連れだって四階の廊下を見て回ると、一部屋の扉が少し開いていて、片方のスリッパで扉止めがしてあった。

おじいちゃんは、その扉のスリッパを見て「ここじゃここじゃ」と喜んで部屋に入られた。翌朝、改めてお礼の言葉をいただいた折りに、昨夜の一件の話を聞かせていただいた。

おじいちゃんの話では、年寄りになると尿意が近くなり、夜中に何度も行くことになるが、部屋のトイレを使うと水洗の音がして、他の人達に迷惑がかかって悪いので、心がけて外のトイレを使っているのだという。それで、自分の部屋に帰れるようにと、扉に目印のスリッパを挟んでおいたが、ここのホテルは部屋の外の便所が各階の中間にあったため、四階から三階の中途にある洗面所を使い、そのまま三階に下りてしまい、目印の扉を探したが見つからなかった、と話してくださった。

相部屋の人への心遣いを聞かされて、この方の思慮深さに感服した。

その後の旅行時にガイドの話が途切れたときなど、思い出話として語らせていただき、自分の人生の教訓の一つにさせてもらっている。

徳島県神山町の団体、台風遭遇の顛末《てんまつ》

昭和五二年の秋に、徳島県の大変山深い町の神山町からバス三台で皇居参観旅行に行った時の話。

徳島県から東京まではフェリーで行く。九州の小倉から出発、徳島を経由して東京の晴海ふ頭まで行く大型フェリーがあり、それを使った。

町から徳島の津田にあるフェリー乗り場まではバスを使っていただく。そこでお客様と我々添乗員が合流して東京に向かうのである。この時の団体数は一三五名。

徳島を午前一〇時五〇分に出港して船内で一泊をするのだが、天候如何で船旅の快適さが変わる。荒天に見舞われると悪戦苦闘の船旅になってしまう。

この時の天気予報では、太平洋の沖合いに小型台風が発生したという知らせがあったが、まだ問題なさそうな状況だったため台風に対する備えはしていなかった。

翌早朝の五時にフェリーは無事晴海ふ頭の岸壁に接岸した。

東京での観光バスとしては、大阪から空車回送をさせて待機していた日本周遊観光バスを使う。都内で皇居や国会議事堂など処々を回って、三日後に大阪南港フェリー乗り場までお送りするのが、我々の一連の仕事である。

他の団体と変わらず予定コースを無事こなし、伊東温泉のホテル聚楽に入って初めて分かった。台風が急に大型に発達して、四国方面に急接近してきたという。

当時はテレビ放送もそんなに騒がなかった。大半のお客様は知らないまま宴会を済ませて休まれた。

翌朝の情報を確認すると、大阪から徳島行きのフェリーは中止になる可能性があることが分かった。悪くすると大阪で足止めを食らいかねない状況になってきた。

当時は現代ほどOA機器が発達していなかったし、FAXも携帯電話もなかった。情報を得るには、観光バスがトイレ休憩に入ったときに、ドライブインの電話を使用するしか方法がない。

まず、休憩の時間をフルに使い、大阪南港のフェリーターミナルの事務所との連絡を密にした。

状況は我々にとって悪い方向に進み、沼津で昼食を済ませた頃には、大阪南港からのフェリーは全面運休になった。こうなっては岡山の宇野から高松に向かう国道フェリーに乗るしか四国に渡る算段がない。このフェリーはほとんど欠航のないコースで、これを頼りにバス会社と交渉をした。

バス会社も時が時で延長を了解してくれ、追加料金を五万円にしてくれた。このような不慮の災害の場合、予定外の経費はお客様持ちになる。お客様も追加経費より、その日のうちに無事に帰れるかどうかを気にしている。追加経費は一人三〇〇〇円ほどになったが、いずれにしても岡山の宇野に早く着かなければならない。

普通に走っても、大阪南港のフェリー出港予定時刻の一七時三〇分に合わせるのにギリギリの時間しかない。それを、宇野まで延長を強いられたのだから、どう計算しても、宇野着は二〇時前後になる。

日本周遊観光バス三台の先頭車の運転手は河内さん。バス会社の運転手の中でも一番信頼のおける方で、私は河内さんに祈る気持ちで宇野までの走行をお願いした。本来観光バスの一日の走行距離は四五〇キロほど。伊豆の伊東から宇野まで走り、大阪に戻れば約八〇〇キロほどの距離になる。

東名高速を走行中に袋井ＩＣから先が通行止めになってしまい、仕方なく国道一号線に迂回した。浜松大橋に差しかかったとき、遠州灘の沖合で、海面が台風に煽られて白い大波になり、こちらに押し寄せてくるのが見えた。この景色は、自然の猛威ではあるが、我々には言葉に尽くせない感動となって迫ってきた。

無論、観光バスは横から強い風を受けていたから、運転手は感動どころではなく、恐怖との戦いであったろう。途中、豊川ICから東名高速の本線に戻ることができたが、台風の影響からは逃れられずに、トイレ休憩の時間を惜しんで宇野まで走った。

我々は、また別の問題を抱えていた。お客様の夜食の用意をしなければならないのだ。沼津から私は日頃付き合いのある大阪のよしや給食に連絡を取り、お客の数に乗務員の数を加えた一四五食の弁当を一七時頃、西宮名塩SAまで届けてくれるよう依頼した。しかし、果たしてバスがこの時間にうまく着くかどうか分からない。

結果的に三〇分遅れで西宮名塩SAに到着、宇野港には二〇時二〇分頃に到着した。

到着するとフェリーの窓口に走りこんだ。事前に伝えてあったので用件は先方も分かっていて、乗船手続きは素早く終えた。トイレの間もなくお客様を急かせるようにフェリーに乗せ終えると、フェリーは秒をおかずに岸壁を離れて行った。

フェリーの甲板では、大勢の人達が、運転手の奮闘を称えて手を振っていた。我々は大役を終えて、フェリー会社の事務所で休憩を取らせてもらっていたところ、フェリー会社の方から先ほどの便の後は欠航になったと聞かされた。その上に、我々のバスを待つために三〇分近く出港を遅らせてもらったことも聞いた。

ただ、フェリー会社が出港時間を遅らせたのは、私が逐次連絡を欠かさなかったためでもある。また、この便以降は欠航になるため、何としても大半が高齢者であるお客様を渡さなければならないと、特別な心遣いをしてくれたらしい。

私達にはなおも問題が残されていた。四国に渡り終えてから、四国のバス会社がどう対応してくれるかが最後の気懸かりであった。再度、四国のバス会社に「ただいま宇野を出ました」と連絡を入れておいたが、徳島のバスを高松に回送するため多少の不安があった。

翌朝、今回の旅行責任者の神山町の老人クラブ連合会長の森本種次郎様に連絡をして、昨日の結果を聞いた。

電話口に出てこられた森本会長は、昨晩、深夜に帰宅したにも関わらず、案じていた私に開口一番、感謝の言葉を述べてくださった。「中村さん、私はこの年までいろいろな旅行をしてきたが、今回の旅行は最高でした。台風によるさまざまな出来事は仕方のないことで、それよりもあなたの機転で無事に帰れたことが何より、また、一人も事故がなかったのが良かった。いまさらながら良い勉強をさせてもらった」とお褒めの言葉ばかりをいただき恐縮した。

徳島県海部町（現在は合併により町名変更）の意地悪ばあさん

旧海部町も神山町と前後して皇居参観旅行をしてもらった。会長は鎌田先生で、元学校の校長先生。

旧海部町の参加者は五五名。長旅のため、一〇名ほどの方は他の町から出るバスに乗っていただくようお勧めしたが、同じ町内の者が一台のバスで行きたいとのご希望で、仕方なく補助席を使って満席で行くことになった。

徳島県内はやむなく津田港まで来ていただき、フェリーで東京へ。

東京で日本周遊観光バスに乗り換えた。座席を見るとガイド側の一番前に、このたびの参加された人達の中ではお若い方？が陣取っていた。

全体としては、バスの真ん中の補助席まで座っていただき、私が一番前の補助席に座ると残る補助席は三席のみ。いわゆる、満席に近い状態のバス旅行である。しかし、同じ町

家事・子育て・老後まで楽しい家づくり
豊かに暮らす「間取りと収納」

宇津崎せつ子

みなさんが家を建てる、リフォームをする目的は何でしょうか？
「何のために」「誰のために」そして「どうしたいから」家が必要なのでしょうか？
１０組の家族がいれば１０組それぞれ違いますし、ご家族一人ひとりでも家づくりへの思いや考えは違うかもしれません。

でも、それぞれの思いや考えが、家づくりの核になるということは共通。だからこそ、家づくりをはじめる前に、最初に考えることが大切なのです。

それなのにマイホームの完成がゴールになってしまっている方が多くいらっしゃるように思います。本来は、その先の“暮らし”がゴールなんです。設計士や工務店・ハウスメーカーどれであっても、家を建てるプロです。家づくりのプロはたくさんいます。その人たちに頼めばかっこいい家・おしゃれな家はできるでしょう。

でもあなた方ご家族に合った暮らしづくりのプロではないんです。ましてやあなた方の“豊かさ”や“幸せ”が何なのかを、解き明かして導いてくれるプロではありません。（本文より）

建設に携わる両親のもと、幼いころから住宅づくりの環境で育ち、現在一級建築士として働いている著者は、「住育の家」（住む人の幸せを育む家）というコンセプトを掲げる。間取りから家を考えるのではなく、自分や家族の「幸せの価値基準」から家をつくっていく。数々の実例とともに、収納のコツ、風水のポイントなども紹介。（税込1760円、224頁）

死にぎわに何を思う　日本と世界の死生観から　上村くにこ

私が肺がんになったと知った友人たちは、必ずこう言います。

「医学がどんどん進んでいるから大丈夫」

私もがんになる前は、慰めるつもりで、がん患者に同じようなことを言ったかもしれません。しかし真実は、がんの治癒は不可能ではないかもしれないが、いまだに完治は困難な病気で、医術で必ず克服できると信じるのは無理があること、もし運よく治癒できたとしても、他の理由で人は必ず死ぬということです。

とはいえ「でもヒトはいつかは死ぬものですから」などと返事をすると、相手は当惑して「そんなマイナス思考ではだめ」「頑張って」という返事がくるので、このようなひねくれた返事はしないことにしました。

とりあえず助かる道を探して、インターネットで調べたり、本を買いあさってみたものの、あまりにも多様で異なった情報の大渦巻のなかで、ますます不安と恐怖が募ります。

「治療法は患者の責任で決める」と言われても、どう生きたいか、どう死にたいか腹が決まっていなければ、ただオタオタするだけです。その覚悟のつけ方を、私たちはたった５０年余りで忘れてしまったのです。（本文より）

甲南大学名誉教授・フランス文学者の著者が、古代神話や日本と西欧の歴史、戦後のがん闘病記など、死生観にまつわる数多くの資料を紹介しながら、自身の体験もおりまぜて、死にどう向き合うべきかについて考察する。先人たちは、死を前にして何を思い、残された人生をどう生きたのか。各国の安楽死制度についても解説。

（税込1540円、244頁）

内の方達だったので、車中は和やかな雰囲気であった。

旅行も三日目、伊東温泉ホテル聚楽を出発するために他のバスとの確認をして、いざ出発となった時、ガイド側の一番前に座っていた若い？お客様がバスを降りてホテルのロビーに走って行こうとしたので、私は制止してその方をバスにとどめようとしたが、私の手を振り切って走っていった。

この方は、バスの座席を一番前に確保するため、朝食もそこそこにして運転手がドアを開けるのを待って乗り込み、出発までの時間はバスの中にずっと座っていたが、後から乗り込んで来た人達が、それぞれ記念写真を楽しそうに眺めているのを見て、自分も欲しくなったらしい。

道中、そのお客様に「あなたはまだお若いので、たまには他の人と席を換わってあげてください」と何度かお願いしたが無視され、会長も困っておられた。

その意地悪ばあさんが、記念写真を手にしてバスに向かって走ってきた時に、玄関の階段で転んでしまった。私が走り寄って起こそうとしたが、起きることができず、ホテルのフロントの人達の手を借りて応急手当てを試みた。しかし、手に負えず仕方なく救急車を依頼した。

海部町のバスだけを止めて、他のバスは添乗員に指示を与えて出発した。

怪我の状況が確認できるまで待つしかない。バスは約一時間、ホテルの駐車場で待ちぼうけ。会長さんと二、三人の方が付き添って病院に行った。結果、大腿骨骨折のため一〇日間ほどの入院が必要とのこと。

病院から帰られた会長さん達は、誰を付き添いに残すかで侃侃諤諤《かんかんがくがく》、議論した。何と言っても伊豆の伊東と徳島の外れの海部町のことで、どなたも進んで申し出る方がなく、会長さんは責任上、ご自分が残ると言われたが、それも他の人から異論が出て時間ばかりが経っていった。

そんな時、一人の婦人が残ることを申し出られた。何とこの方は、徳島からその日まで、ずっと補助席に座っておられた方で、怪我をした人の従姉妹に当たるので残ると言われた。常に大人しく静かに補助席で辛抱しておられた方には誠に申し訳なかったが、荷物をまとめてホテルの係に会わせて、我々はホテルを後にした。

当然、このバスは帰り時間が遅れ、予定していた大阪南港のフェリーに乗れず、和歌山港から小松島行きの南海フェリーに変更して、深夜の帰宅になってしまった。

その秋、徳島からの皇居参観旅行が無事終わってから、参加をしていただいた各町にお礼に伺った。その折り、当然海部町にも寄り、意地悪ばあさんのその後を聞かせていただいた。伊東での入院が約一カ月、退院のときの伊東からの寝台車の費用が三〇万円かかり、未だに松葉杖が必要らしいと聞かされた。

平成一五年頃に、海部町営の遊々NASAに泊まった時に、宿所の職員さんに何となく鎌田会長の話をしてみた。職員さんがいうには、その方は鎌田会長の教え子になる方だそうである。それで二〇数年前の話をすると、意地悪ばあさんは今でも松葉杖を突いていると聞かされ、人間の業を感じさせられた。

高知方面の案内とその顛末

徳島県内を一通り案内し終えた頃、高知特急フェリーの営業の方が見えて、高知県内も案内してくれないかとの依頼があった。皇居参観は本来、旅行会社のツアーとしての申請は認められず、団体かグループの自主的な参観希望として、それぞれの団体から宮内庁の係に申し込まなければならないことになっている。

相手の宮内庁は官庁の最たるところで、一般の我々には雲に（昔は菊のカーテンといわれた）おおわれた近寄りがたい所として理解されてきた。

昔から〝遠くの神様はありがたい〟と言われてきたように、皇室に対しても、東京に住んでいる人より、遠く離れた四国や九州に住んでいる人達のほうが憧れをもっている。そういう遠くにいる方々の、機会があれば一度でいいから皇居に入ってみたい、という思いは人情であろう。

一般旅行業者にはできない皇居参観を、老人会等に皇居参観の意思を持ってもらい、老人会の参観意思を代行することで、実施しているのが我々である。

このような理由で、高知特急フェリーの営業は、高知県最大手のバス会社の高知県交通を私に紹介してきた。

私は、日を置いて高知に出向き、県交の事務所に赴いたが、現場の担当者は私を無視したので、県交には県内の送迎バスの依頼だけをして、徳島のように自分で各市町村を回り、全県下から一八〇〇名近く集めて実施した。

高知県の窪川町・土佐清水市・大月町・宿毛市・中村市の印象

まず、窪川町での印象深い話から。

窪川町ではまず役場の担当者が私の案内を聞いてくれた。それでさっそく、町内の老人会の役員を招集して、説明を聞いていただき、実施の運びとなった。一カ月後、全町内の老人会で集計すると、二百数十名の申し込みがあった。

しかし、物事はスムースには進まないもので、実施三カ月前に旅行費用の全額七〇〇万円近くが集まったのであるが、私が集金をする一カ月前までの二カ月間の猶予期間に、担当者がそのお金を流用してしまって、町の社会問題になり、新聞にも報道されたらしい。当然、担当者は懲戒免職。思わぬ大金が手元に入ったのが身の破滅。

土佐清水市は我々都会人にとっては最果ての地といってもいいところ。大阪からはたびたび行くことができないので、出向いた時は時間を惜しまず周辺の全市町村を回った。

土佐中村市から四万十川沿いを下り河口付近を右手に行くと、間もなく右手に小高い一五メートルもあろうかという小山がある。その小山の中腹に、大の文字が浮かんで見える。以前に観光バスで通った折りにバスガイドの説明を聴き、思い出した風景である。

中村市は、昔、京の都での政争に敗れた貴人達の流されたところで、そこに住み着いた人々は、京の都を忘れがたく思い、京の習慣を日頃の環境に残した。その一つが、右に見える大文字山である。町の人々の言葉にまで京言葉が残されている。そう聞いたことを思い出しながら、厳しい峠にさしかかり、峠を下りきって美しい海岸線を走ると、名勝大岐の松原。大岐を過ぎ小さな峠とトンネルをくぐると土佐清水で、市役所は右に折れて最初の信号を右に上がったところにある。

その当時、大方の役場では、私の名刺と皇居参観の案内のパンフレットを見せれば、疑うことなく応接間に通してもらえた。

後日、老人会の役員会で検討した結果を、連絡していただく約束を取り交わして次の町へと走る。

時間が惜しいので足摺岬は避けて次の町大月町に向かうが、土佐清水市役所を出て一五分足らずで観光名所の竜串に到着する。しかし、何度も立ち寄っているので素通り。しかしこの辺りは〝足摺宇和国定公園〟になっていて、充分にドライブが楽しめる。

当時、叶崎から大月町に抜ける道は急に細くなり、対向車が来ると行き交うことも不可能な田舎道（今日では観光道路が宿毛までできている）で、やっとの思いで大月町の役場に着いた。

役場の方に老人会の会長宅を教わり、伺うと、小さな漁港の中の一軒家。会長さんは庭先で投網の繕《つくろ》いをしていて、私の来訪を歓迎してくれた。都会の私には珍しい、投網の繕いを見せていただきながら、こちらの説明をした。

会長さんのお話では、小さな漁村で人口も少なく老人会の会員数も知れているので、この話は一般の人達にも呼びかけてみようと、快く引き受けて下さった。

次の訪問地は宿毛市、ここは高知県の最西端に当たり、吉田茂の生誕地としても知られる。老人会規模も大きく、簡単な説明では埒《らち》が明かないので、その日は翌日に臨時役員会を開いていただく約束を取り、宿毛に泊ることにした。

この頃、プロ野球にまだ近鉄バッファローズがあって、宿毛がキャンプ地になっていた。私の泊まった宿に近鉄の二軍選手が泊まっていて、夕食の時に彼らと歓談をしていると、一軍選手が数名入ってきて思わぬ時を過ごせた。

翌日、指定された時間に役場に行くと、会議室に通された。各地区の役員が二〇名ほど、すでに集まっており、昨日渡しておいた資料に目を通されていて、私の説明を聞いて衆議一決、皇居参観旅行を取り上げていただいた。

今回の最終の説明地、中村市の市役所に行き老人会長宅を教えてもらい伺った。会長宅は市街地を抜けて四万十川をやや上ったところの、集落の中のわりあい立派なお宅だった。この方も元教育者で礼儀正しく私を迎えてくださり、応接間で熱心に皇居参観旅行の説明を聞いてくださった。

ここでの私の特別な印象は、この会長の耳の穴の毛が二センチ近く伸びていて、毛先がカールしていたこと。面白いことが印象に残るものだ。

無論、皇居参観旅行は取り上げていただく約束をし、会長自らが役員会を開いて説明をしていただくことに決まった。元教育者であったこの方は役員からの信望があるらしく、遠方のあなたを煩わせては気の毒だから、自分が責任を持って話してあげましょう、と。ありがたいことだ。

多少の時間を割いて、私の浅智恵の大文字山の件の確認をさせていただくと、都人《みやこびと》が流されて来て、多くの都文化が今日まで残されている、とお話を聞かせくださった。また、神社の祭礼の時に女郎蜘蛛の相撲の取り組みのあることも教えていただいた。

このように地方を回って感じるのは、都会の喧騒の世界に住んでいる者よりも、地方の人々の方が深い知識と感性を備えておられるということであった。

さて、皇居参観旅行の結果は。

窪川町が五台、土佐清水市が三台、大月町が一台、宿毛市が五台、中村市が五台と大きな成果があった。実施は昭和五三年の秋。

九州地方宮崎編

徳島県下や高知県下を回り、それなりの成果があらわれると、各フェリー会社が営業調査を試みるようになった。お互いに情報の交換をしているようだ。

四国を回っている時に、日本カーフェリーの営業の方が訪れてきて、四国の次は九州の宮崎に販路を開いてほしいと頼まれた。事業がうまく展開すれば、私の知らないところでいろいろな動きが起こることが分かってきた。

こうして、四国のあとは、事業を宮崎へと展開していった。

宮崎は遠隔地のため、私自らはたびたび出向けないので、日本カーフェリーの旅行部門のジャパン・プランニングの営業に主に扱ってもらうことにして、老人会での説明日をまとめてもらい、私はその後出向くことにした。

そうして、昭和五三年の夏に宮崎に渡った。

大阪南港発、宮崎の日向行きの日本カーフェリーで初めて日向に向った。約八時間の船旅。翌朝、日向港に入ると宮崎民謡の〝刈干切唄〟が流されているのが聞こえてきた。その唄声を聞くと、遠い所まで来たな、という実感が湧きあがった。

ジャパン・プランニングの日向営業所の中村所長が迎えてくれて、宮崎支店の所在を教えてもらった。また、あとで延岡の夕刊デイリー社を紹介したいとのことで、宮崎の仕事の帰りに時間を取る約束をした。

日向港から間もなくのところに、美々津港があり、そこで〝神武天皇御東征の船出の地〟と書かれた案内板を見た。

皇居参観旅行に関わっている関係からか、私はこの地に大変興味が起こり、改めて訪れる機会を得たいと思いつつ、宮崎に車を走らせた。

ジャパン・プランニング宮崎支店の支店長に会ってから、営業社員ともども、宮崎県老人クラブ連合会の事務局に行き、全県的に我々のプランを取り上げていただく確約を得た。

その夜は、日向に戻り、港の近くの宿に泊まり、翌日、中村所長と延岡の夕刊デイリーに行った。夕刊デイリーでは、皇居参観旅行の取材をして〝皇居参観旅行同行記〟を自社の新聞に連載記事として載せたいとの申し出があった。

思ってもみなかった申し出に、私は即答し、数カ月後に実施される、高知の窪川町の旅行に同行してもらうことを提案して了解を得た。

延岡から北上したところにある佐伯港は、高知の宿毛とフェリーで結ばれているので、前泊をすれば可能なことである。本番は、そのようにして同行をしてもらった。

夕刊デイリーは、同行記者による〝皇居参観旅行同行記〟を一〇回に分けて掲載した。それから旅行を募ると三〇〇人近くの申し込みがあり、その秋に実施をして成功を収めたのだった。

旅行が終わり、夕刊デイリーから招待を受けて、市内を流れる五ヶ瀬川の鮎簗《やな》を見せていただき、ご馳走にあずかった。

また、翌春（昭和五四年）には、宮崎県老人クラブ連合会で約五〇〇〇人の参加者があって、宮崎県での皇居参観旅行は大成功裏に終えることができた。

九州地方鹿児島編

またまた日本カーフェリーが動いてくれて、自社のフェリーを稼動するために、鹿児島の旅行業者を紹介してくれた。

宮崎県のときと同じく、出港は日向港から。日向港発大阪南港行きの日本カーフェリーは、当時、日向港を一九時頃の出港で翌朝の八時頃大阪南港着。大阪南港からは日本周遊観光バスを使い、四国や宮崎のときと同じ行程で皇居参観旅行をおこなう。

宮崎県の各老人クラブから説明の依頼があれば、日本カーフェリーから往復の優待券をもらって宮崎に赴き、皇居参観旅行の説明をする。

ある時、紹介をされた鹿児島の旅行業者に出向き、宮崎県と同じ条件の話をして実行に移した。

鹿児島での説明の期日を決めて、後日改めて出向くことにして、その年の暮れに約一週間の日程を定めて再度鹿児島に行った。

鹿児島市内を主に、日に数箇所の老人会をまわり、その役員会で説明をし、夜は天文館近くのビジネスホテルに泊まり、社会見学のために周辺の居酒屋で夕食を摂ることにした。

徳島では、小松島のたいや旅館を定宿にしていたが、その近くの居酒屋あすかを利用したことで、マスター（松本弘氏故人）と親しくなった。私が独立して旅行会社を立ち上げた時、このような様々な人との交流が役立った。

また、今日まで阿波の人形浄瑠璃の頭の製作者多田健氏等とのお付き合いをさせてもらっている。特筆すべきことだ。

高知では伊野の宿をよく利用し、近くの居酒屋で「大阪のおんちゃん」として、ちょっとした有名人にもなった。

高知市内ではまた、帯屋町界隈の古い飲み屋に入り、そこで初めて豚骨料理を食べ、病みつきになり何度か通ったこともあった。その店は変人奇人が集まるところで、夜を明かして飲み、また語る面白いところであった。

鹿児島の天文館の居酒屋での面白い話

宿からすぐ近くの居酒屋に入り、なにげなく飲んでいると、カウンターの片隅で美しい女性?が一人酒を飲んでいた。昨夜も来ていたので声をかけてみた。その人も笑顔で「どちらから?……」と返事してくれたのだが、声は男声。オカマさんであった。

私は、この年齢（四二歳）までオカマさんと個人的に話したことがなかったので、初めのうちはぎこちない会話であったが、相手のオカマ君は慣れたものでだんだん話が弾み、私はオカマ君の仕事?のことを聞いてみた。

オカマ君の仕事は男を捕ること。幼稚な私の質問は実に具体的だ。しかし、オカマ君も物怖じをせずに答えてくれた。

まず、オカマ君の仕事時間は一一時頃から深夜の三時頃までで、ホテルを取らずとも電柱があればいいらしい。約四時間のあいだに一〇名前後の客?があるらしい。

しかも、お客は一〇分から一五分くらいで満足して帰る。お代金は一人三〇〇〇円。

仕事の具体的な話は聞くに及ばなかったが、仮に聞いていたとしてもここには書けない。

オカマ君が私に話す様子は他人ごとのように快活?で、私には誘いの言葉もなかったし、こちらも話に興味はあっても、オカマ君とのことには興味もない。

翌年（昭和五四年）の春には、宮崎と同じく、五〇〇〇名近くの方々が皇居参観旅行に参加をしてくださって大成功!

鹿児島の皇居参観旅行の印象深い話二、三を記しておこう。

鹿児島の方々の大部分は、皇居内に入るとき、男性は新調のスーツ姿、女性は着物姿で紋付を羽織っておられた。中にはモーニングを着込み胸に勲章を付けシルクハットを小脇にお出ましの方もおられた。

生憎の雨にたたられた気の毒な団体もあった。

そのときの団体の方々は、皇居内を四列に並び、傘を差しながらしずしずと、少々の雨もいとわず歩まれ、ところどころで宮内庁の職員の説明に熱心に耳を傾けておられた。ところが、宮内庁の前から塔の坂を少し上る時に、東庭《とうてい》（参賀の庭）から流れてくる雨水に足が覆われてしまった。中には草履底の結び糸が切れて口が開いてしまった方もいた。踵《かかと》のところでペッタラペッタラと雨水を跳ね上げて、背中から頭の先まで濡れながらの行進となった。

我々は気の毒に思い、声をかけてあげるが、何の不足も言わず、皇居に入れたことの喜びと感謝の言葉が返ってくる。都会の人達であればどれほどの苦情があるかと思うと、お世話のし甲斐があったものだ。

これも印象深い笑い話？

どちらの団体かは忘れたが、鹿児島のお方だった。小柄で腰が曲り杖を突いていたおばあさんのこと。

この日は晴天に恵まれ、絶好の参観日和。毎度のように四列に並んで参観に移り、富士見櫓・蓮池濠・宮内庁前・東庭《とうてい》・宮殿前・道灌濠・詰橋《はね》・江戸城本丸跡・二の丸跡等を約一時間半かけて一回りして、桔梗門を退出して迎えに来たバスに乗ろうとした時。

このおばあさんは私に「添乗員さん、皇居の中はいつ案内をしてくれるのですか?」とたずねられた。私は一瞬唖然とした。

毎回のことであるが、二百数十人の高齢者の引率には並大抵でない気遣いがいる。この日も都会を知らない鹿児島のおじいちゃんやおばあちゃんたちである。いたるところで質問の嵐、それを嫌がらずに笑顔で答えてあげ、ようやく参観を終えて人数の確認をすると、数名足りない。探しに行くと、添乗員に伝えずに列を離れて洗面所やら売店やらに雲隠れ。

そんな悪戦苦闘をしながら皇居の参観を終えてバスに乗ろうとした矢先に、このおばあちゃんの質問であった。

私は、おばあちゃんに「今、参観が終わり皇居を出てきたところです。おばあちゃんは何を見ていたのですか?」と尋ねた。するとおばあちゃんは「私は前の人の背中と道を見てただけじゃ」。

このおばあちゃんは人波の周りの人達に気を遣い、列から遅れないように懸命に付いて歩かれていたのだ。一息ついたところが皇居の外であった。

これは笑えない話で、四国や九州の素朴な人達は、我々都会育ちには見慣れた高層建築に圧倒されたり、街中の喧騒に驚いたり、一生入られないと思っていた皇居に入れたりして、正常な感覚が保てない状態にあったのであろう。

詐欺や横領、仕事の横取り

徳島県石井町の詐欺話

徳島での最初のほうで、石井町の社会福祉協議会を訪れ、事務局長の丸岡浄海氏に会い皇居旅行の募集の快諾をいただいた。

老人会に募集をかけると、一般の人を含めて大勢の申し込みがあったらしい。

ある時、丸岡事務局長から電話があり「この町には年金受給者の方が多く、旅行に参加したいらしいが、一〇月一五日に年金が入ってからの支払いでは駄目ですか」と言ってこられた。

石井町の旅行日は九月末になっていた。公的機関である社会福祉協議会の事務局長じきじきの申し出であったので、了解をした。

結局、石井町からの参加者は二五〇名前後、旅行費総額は五七〇万円ほどになった。旅行実施前に四八〇万円を入金していただき、残額九〇万円弱は年金の入る一〇月中過ぎにいただくということで、旅行を実施した。

また、事務局長から、事務局の付き添いとして、局長と女性の事務職員二名を無料扱いにしてほしいと申し出があり了解した。

九月末の旅行も無事終わり、一〇月末に残金の請求をしたが、「数名分の集金ができていないので、でき次第送金をします」と返事があった。

この度の徳島県下からの皇居参観旅行の参加者は約二五〇〇名、一七市町村からの参加があった。一二月の中頃に、各市町村にお礼に伺った。

当然、石井町の社会福祉協議会の事務局にもお礼に行って、その時に残金の請求をしたが、支払ってくれない。私は丸岡局長の周辺をそれとなく当たっていた。この頃に分かってきたのは、丸岡局長と事務職員の間によからぬ関係のあること。

そのことは、旅行中の彼らの行動から感じ取り、数名のクラブ会長からも確認を取っていた。我々他所の者は一見で、彼らの噂を知ることができないが、町では相当前から二人の関係は知られていたらしい。

丸岡局長は、石井町にある寺の住職と、役場の職員とを兼ねていた。そのことを突き止め、寺に電話を入れて奥さんに今回の顛末を話した。

二人の噂を奥さんも知っておられて、旅行費の残金を奥さんから一月下旬に送金してもらい一件落着。本当に仕方のない坊主であった（平成一七年頃に再び石井町を訪れて、その後のことを聞くと、彼はすでに亡くなっていた）。

高知県窪川町の横領事件

高知県の窪川町も町を挙げて皇居参観旅行に取り組んでくださり、ここでもバス五台分の参加者があった。

旅行当日、我々は一一時出港のオーシャンフェリーで東京に向かうため、徳島市津田港で窪川町からの人々と合流した。

一三時間の船旅のなかで、我々に絡んだ横領事件の話を聞かされた。それは、老人会で旅行費を集めて事務局に届けてからのこと。ここも石井町と同じほどの額が事務局に集められていた。

この窪川町では、皇居旅行の案内が早く、旅行実施日の半年前には参加者が全額を役場の担当者の手元に届けていた。その担当者は私に支払いをするまでの間に流用してしまい、支払い期日前にそれが発覚して警察に逮捕されたらしい。

地元では新聞で大きく報道されて話題になったそうである。その余韻が船内に持ち込まれて私の耳に届いたのだった。私の手元には他の職員の方から振込みがなされて、実害はなかったが、役場は一時立替をして支払ってくれたことになる。

横領をした職員とは当初より旅行の説明で会っていたが、旅行に同行されていないので不審には思っていた。

この窪川町の皇居参観旅行は、延岡の夕刊デイリーの記者が同行してくれた思い出のある旅行でもあった。

仕事の横取り

徳島県をまわっている時のこと。徳島県の中心を流れている四国三郎吉野川をさかのぼると、阿波池田の手前に三好町がある。ここの老人会も皇居参観旅行を取り上げてくれ、後日、日を定めて名簿と集金に出向いた。ところが、老人会長はとぼけたように、私に皇居の旅行のお金は渡したと言い張るので、おかしく思い問いただすと事情が分かった。

地元の旅行会社がたまたま会長宅に来たとき、皇居旅行の話が出た。会長は私と勘違いをして、その旅行会社に皇居旅行のお金を渡してしまい、すまし顔でおられたのだった。

私は、皇居の参観には特別な申し込みが必要で、一般旅行会社では受け付けてくれないことを重々話したが、一見の私では日頃付き合いのある旅行会社に太刀打ちできず、引き下がらざるをえなかった。

結果、旅行は実施されたが、当然のごとく皇居の正式な参観はできず、一般の入れる東御苑を歩かされただけ。これを皇居の参観と偽られても後の祭り。

私の動きが他の旅行会社に分かったため、彼らもいろいろ手を尽くしたに違いない。

徳島の旅行業者だけの話ではない。元宮家の名を騙り、日本奉仕会の向こうを張って大々的に事業展開をしている団体や、「善光寺特別拝観・日光東照宮特別参拝・皇居特別参観旅行」と仰々しく書き上げて、関西から北海道までの老人会を食い物にした業者も、当時すでにあらわれていた。私も同類に見られたこともあった。

皇居勤労奉仕の転機

四国から九州の方々を皇居参観旅行に案内してきたため、皇居内に入る機会が多くなり、皇居内の動きが概観ではあるが分かりはじめた。皇宮警察の存在や、宮内庁の様々な部署のありよう、また、皇居勤労奉仕団が日本各地から皇居に入って清掃奉仕をしていることを知った。

我々参観団が長い列を作って皇居内を進んで行くとき、しばしば奉仕をしている人達に出会ったが、当初はそれがどのような団体なのか理解ができなかった。

昭和五二年頃。この頃には、皇居参観の案内を幅広い地域でおこなっていた。大阪から始めて、奈良県・和歌山県・兵庫県・京都府の一部・滋賀県と勧め、徳島県・高知県・宮崎県・鹿児島県等や、山陰地方にまで足を運んだ。

皇居参観旅行は一過性のものなので、安定した仕事としてはなり立たない。上記の各県を回り、皇居参観旅行をしてきたが、誠心誠意お世話をしても、その場限りで終ってしまい、今後に続かない。そこで、並行して一般旅行取扱業者としての事業をすることを思いついた。いままでの経験をもとに、「シルバーツアー社研友の会」という老人会専門の旅行会社を立ち上げた。

私は、様々な経路を得て（財）日本奉仕会で業務部長となり、皇居参観旅行を一年ほど頑張ったが、残念なことに成果が出るほど仲間たちの増長に悩まされた。そこで、日本奉仕会を辞し、熟慮した結果、私個人でこの事業を行おうということで、「社会研修開発センター」と称して各県の営業に当たってきた。

新規の旅行会社を立ち上げる時の社名には苦慮した。四国や九州で用いていた「社会研修開発センター」を略して「社研」で業者登録をしたが、これだけでは印象が型苦しいので、「シルバーツアー社研友の会」との社名にし、大阪府下全域の市町村の老人会をまわった。

この当時、老人層を営業対象にしていた業者として、全国的には「東邦トラベル」が活躍していたが、有名歌手や芸能人の名前や写真を無断で使うなど、詐欺まがいのことをして業界から淘汰されていた。この関係者が、仙台や静岡、信州、神奈川、東京などで営業をおこなっていた。

奈良県では「奈良中央ツーリスト」が全県を制覇し、他の業者の入り込む余地がないほど、老人会の役員とつながっていた。

この当時の大阪では、「名鉄観光」が府下全域の老人会に入り込んでいた。とくに堺市では名鉄観光堺営業所がかっちりと堺市老人クラブ連合会を握り、約四万人の会員を対象に営業を展開していた。そのほかは、南海沿線の老人会を対象に営業を展開し、販路を持っていた「南海国際旅行社」があった。私は、後発業者として他者の間隙《かんげき》を縫いながらスタートした。

幸い、日本奉仕会当時に皇居参観旅行の案内統括として、大阪府下の各市老人会から約二万人の方々をお世話した実績がものを言った。四国や九州方面を回りながら、それらの老人会の今後のために、とくに親しくしていただいた会長宅を訪問して、新しい会長名簿を集めていた。その名簿が約四〇〇〇名分。

私は、謄写版刷りで「シルバーツアー社研友の会」の旅行案内パンフレットを作り、四〇〇〇名の会長宛てに送付した。

皇居参観旅行に関しては人後に落ちないが、一般旅行に関しては素人もよいところ、全く分からない。私は案じて社会研修開発センターらしい？企画を考え、旧知の池田伏尾温泉、ホテル不死王閣の出水部長に、吉本興業のなんば花月の川上支配人を紹介してもらった。

当時、中ノ島のフェスティバルホールの地下にあったＡＢＣホールで〝西条ぼんじ〟【おやじ万歳】のテレビ公開放送の録画撮りの催しがあった。スポンサー付きの公開録画のため、観客の制限をして無料招待をしていた。

川上支配人の斡旋で、その枠一〇〇名分を融通してもらい、老人会の日帰り旅行に当てた。当時は、まだまだテレビの公開放送は珍しく、これが大ヒットした。

ＡＢＣホールで実績を積んだおかげで、なんば花月の公開録画撮りにも、優先的に席を設けてくれるようになった。他の一般旅行会社ではできない特別企画として実行し、旅行業者の地歩を固めることができた。

この頃のなんば花月は、桂三枝がやや中堅になった頃。島田紳助は駆け出しで、大助花子はまだまだ売れていなかった時代である。

第二章　皇居勤労奉仕

大阪府下の各市町村老人クラブ連合会とのお付き合いも盛んになり、ある時期から、羽曳野市老人クラブ連合会副会長の大谷潔氏と知り合った。大谷氏は、私が皇居の参観旅行で皇居内を熟知していることを知り、ご自分の地元のお寺の住職を紹介したいと言われた。羽曳野市樫山にある浄願寺住職鎌尾和男師は、昭和二三年から皇居勤労奉仕に従事してこられた方。昭和六三年頃にお会いしたときは八〇歳近く、好々爺そのもので、人を惹きつける魅力の持ち主であった。

ご高齢になられた先生は、私を一目見て、皇居勤労奉仕をぜひ手伝って欲しいと言われた。私も、皇居参観旅行で勤労奉仕団の方達の姿を見て、関心を持っていたので即答した。

初めての勤労奉仕

その年（昭和六三年）。私は初めて皇居勤労奉仕に添乗員として参加した。

事前にはあまり詳しい打ち合わせもなく、皇居勤労奉仕団に参加される団員の集合場所（大阪駅西口付近）に行った。

そこにはすでに鎌尾先生が来ておられて、私は団員に渡す皇居勤労奉仕団の襷《たすき》と名札を預かった。各地から勤労奉仕に参加される方々が徐々に見えだし、それぞれの名前を確認しながら、襷と名札を渡してゆくのだが、午前七時ころの大阪駅西改札口付近はひどく混雑していて、参加者の確認をするのは大変な作業である。

私が一言でも意見を言えば「あんたは私の言う事を聞けばよい」と先生の怒りをいただくばかり。参加をされて来た人達は、私が添乗員と分かると、小言をみな私に言ってくる。皇居参観旅行では、私の思い通りに進めることができるのに……補助添乗員の虚しさを充分に知らされ、疲れが倍加した。

何とか団員が整い東京に向けて出発。しかし、東京に着くまでには様々な問題が生じた。昼食の人数の間違いで、何人かの人が自弁で昼食をとらされたり、部屋割りの苦情を言い出す人があったりと、落ち着く間もないバスの旅。

勤労奉仕団の東京の宿としては、当時、御茶ノ水の傍にあった旺文社が経営している日本学生会館を主に使っていた。

周囲には順天堂大学病院や東京医科歯科大学病院があり、御茶ノ水から聖橋を渡ると湯島聖堂があって、その前が神田明神で、早朝に参拝と散歩を楽しめた。

境内ではラジオ体操をしている人達に出会い、ちょっとした交流ができて旅の思い出には良かったが、宿が悪く団員には不評であった。たしか数回はここを使ったが、その後、先生は、都内の別の宿を探して奔走しておられた。

本郷辺りも何度か行った。東大の赤門前を入った鳳明館・機山館・富士館等を使いまわしたが、余りの不評続きに先生は私に相談を持ち出された。結局、河口湖のホテルに泊まって、毎朝、東京に出勤?することと相成った。

先生は年齢のせいか、頑なで団員の声を聞こうとしないところがあった。

河口湖から東京へは本来であれば約一時間半で行けるが、朝のラッシュにかかるため二時間半を予定しなければならず、ホテルの出発は早朝の五時半。当然、ホテルでは朝食がとれないので、バスの中で食べられるようにおにぎりを積み込み、車中での朝食。

五時半出発では、団員の皆は四時起きでなければ間に合わない。このような変則的なスケジュールにもかかわらず、表面だった不満はない。陰で文句を言っているのかもしれないが、目的が皇居勤労奉仕であるためであろう。

しかし、ある年に大問題が生じた。いつものようにホテルを五時半に出発して高速道路を走行している途中、前方で事故が発生してバスはストップ。三時間余り遅れて皇居桔梗門に到着したが、入門予定より大幅に遅れた。宮内庁の係の方が待機しておられ、大目玉を食らった。

皇居勤労奉仕は、皇居内を三日、赤坂御用地を一日、と計四日間行われる。五日目は慰労のため温泉地に行くという、五泊六日の日程で実施されている。

皇居勤労奉仕中の四日間の宿舎は、東京か、または八時に入門のできる所と決められていた。にもかかわらず我々は河口湖に泊まっていたため、宮内庁の係の方から注意を受けていた。この懸念が現実となり、大失態を犯した。

鎌尾和男先生

鎌尾先生とは、羽曳野市老人クラブ連合会副会長大谷潔氏の紹介で知り合った。

羽曳野市樫山在住の鎌尾先生は、第二次世界大戦の激戦地ブーゲンブィル島の生き残りの一人である。ブーゲンブィル島ではほとんどが玉砕し、生き残ったのは数名であった。先生は、今命があるのは、天皇の終戦のお言葉があったからである、もし、あのお言葉が数日後であったら、自分の命はなかったものと思われると、常々に語っておられた。

天皇のお言葉によって生かされた自分に、何かお役に立つことができないか、と日々思いを巡らし、昭和二三年に皇居勤労奉仕のあることを知った。戦時、激戦の中を生かされたことへの報いとして、戦後は、勤労奉仕に命を捧げるようと決意された。

私と先生との出会いは、先生の人生の終着が間近な時期のことであったが、先生の勤労奉仕に対する気構えには鬼気迫るものを感じた。

鎌尾先生は、皇居勤労奉仕の日程は必ず天皇誕生日を入れて組まれた。無論、この当時の天皇は昭和天皇である。四日間の勤労奉仕が終った次の日に皇居参賀に行くのが大きな目的であった。


天皇誕生日の皇居参賀に立ち会った、昭和六〇年の皇居勤労奉仕の時のこと。

東京での宿泊所の九段会館を七時に出て、皇居前広場に近づくと、大手門の前辺りで通行止めになっていた。我々はバスを降りてお堀の端を桔梗門に向かって歩いて行き、警視庁の警官による持ち物検査を受けた。大きな手荷物はそこに預けて、前方の列に加わる。

参賀のための行列ができる場所は、坂下門から二重橋に向かう所と、丸の内ビル街から真正面に二重橋に向かう所と、警視庁前から桜田門を背にして二重橋に向かう所の三箇所。それぞれの場所で先頭を争う動きを見ながら、我々は坂下門の右側の列に並んだ。

入門を待ちながら周りを見ると、拓殖大学や國學院大学の右翼系の学生が、大きな校旗をひるがえして、羽織袴姿や学生服で先陣を争っている。その周りを別の宗教団体がのぼりを立てて頑張っていて、異様な風景である。

開門九時。まず皇居の正門が開き、警視庁の警察官の先導者が規則正しく我々の列の前に立ち並び、いよいよ皇居に入る。

一団は横四列に並ぶ。坂下門、丸の内、桜田門の三方からそれぞれの一団が行列を作って進みだす。進むにつれて、後の者が列を乱して前の方に出ようとしはじめるが、正門までは警視庁の警察官、途中からは皇宮警察が先導して、列の乱れを正してくれる。しかし、二重橋を渡った頃から、係の静止も聞かずに小走りで宮殿のお立ち台に近い所に行こうとする者達が殺到する。

日頃、勤労奉仕をしていて皇居内に詳しい先生。この辺りから鎌尾先生のお手並みが問われる。我々の団体は列を離れないように懸命に手を取り合いながら、先生の指示通りに付いて行く。

人間の心理から言えば、できるだけ近道を、と考えるところであるが、先生は皇居東庭《とうてい》（参賀の庭）を最右翼の側から回り込むようにして列を誘導した。我々が気づくと最前列に近い所に場所を確保していた。一回の入場者数は約八〇〇〇名。

宮殿の長和殿の中ほどに、天皇陛下や皇族がお立ちになって参賀をお受けになるが、その真下に立って時間のくるのを待つのは言葉に尽くせない。
時間がきたことを知らせる動きがある。まず、宮殿に向かって右の方から、二名の皇宮警察の儀仗官が規則正しく歩いて来て、お立ち台の真下に左右に分かれて立ち、しばらくすると長和殿の奥から侍従の方達の動きが活発になってきて、後方から参観者がどよめく。そのどよめきがやがて万歳、万歳、万歳の声に変わり、前方へと響きわたる。

侍従長に案内されて天皇陛下が皇族の方々を従えてお出ましになる。参賀の庭に立つ数千人の参観者が、あらためて一斉に万歳の声をあげて天皇をお迎えする。一瞬場内が静かになった時、昭和天皇が「新年おめでとう……」とお言葉を述べられ、右手を上下に振りながら何度も我々に応えてくださる。そのお姿が参観者に伝わり、再度、万歳、万歳、万歳という声が響く……天皇陛下や皇族の方々がご退出されるまで続いた。

勤労奉仕を終えた後の先生の喜ばれる姿

ご高齢にも関わらず、勤労奉仕の世話をされている先生のお姿は生き甲斐に満ちており、私などは息つく暇のないほどであった。

特に印象深いのは、勤労奉仕が終わってからの、最終の宿（河口湖が多かった）の宴会で、参加者の労をねぎらいつつ、天皇からいただいた〝賜り物のタバコ〟を差し上げるお姿。「恩賜のタバコいただいて、明日は死ぬぞと決めた夜は、高野の風は生臭く、ぐっとにらんだ敵の陣、旗がひらめく二つ三つ」と、歌われる先生の目に涙がにじんでいた。

先生は、真宗西本願寺の末寺の住職で、本山では一級説法師の資格を持ち、話術には長けておられて、宴会では独り舞台の様を見る。参加者の方々はその魅力に動かされて、次回の宣伝に協力をする。

昭和二三年から今日まで勤労奉仕一筋に頑張ってこられた先生も、平成三年頃には体力の限界を感じ、一線を引かれた。

平成天皇のお言葉

翌年、我々が勤労奉仕で皇居に行った時のこと。当時の団長が、平成天皇との御会釈の際に、鎌尾先生によってはじめられた我々の団体のことをお話し申し上げた。すると天皇は大きく頷かれて「帰ったら鎌尾さんには宜しく伝えてください」とおっしゃった。帰阪して鎌尾先生にこのことを伝えると、私の前もかまわず床に泣き崩れて「そうかそうか、

昭和62年4月。鎌尾先生を囲んで。

鎌尾先生を囲んで

陛下が私のような者を覚えてくださっていたか」と感激され、勤労奉仕にすべてを捧げてこられた鎌尾先生のお気持ちを再確認したのであった。

勤労奉仕の概要

皇居勤労奉仕は、皇居（東御苑を含む）約三五万坪を三日、赤坂御用地約一七万坪を一日と、都合四日間にわたって行う。

申し込み申請は、実施希望日の半年前に宮内庁長官官房総務課長あてに行い、後日、団長あてに許可が下りる。ただし、他の団体と希望日が重なった場合は抽選になる。我々の希望日は例年四月中旬から下旬と決めている。

実質の旅行の日程は五泊六日で、全行程は観光バスをチャーターして実行する。勤労期間中の宿泊所は、東京都内かその近郊に限られ、我々の宿泊所は上野のホテル水月鴎外荘に決めてある（鎌尾先生時代は異なる）。

皇居への行き帰りの道中には、神田明神・湯島天神・根津神社・浅草寺・お岩稲荷・とげぬき地蔵等に参拝する。これがなかなか評判が良く、勤労奉仕に重みを加えているようだ。

皇 居

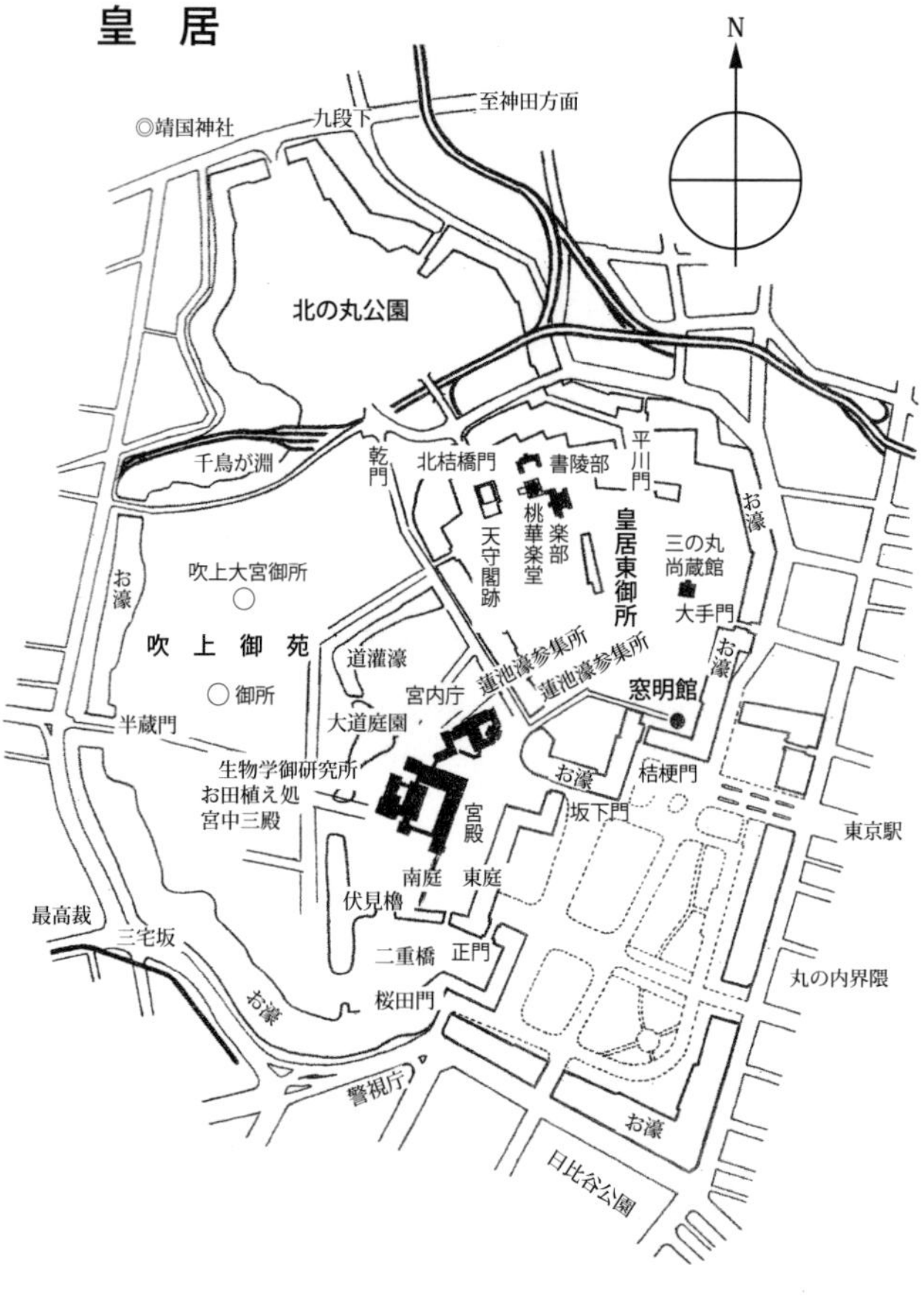
N
至神田方面
◎靖国神社
九段下
北の丸公園
千鳥が淵
乾門
北桔橋門
書陵部
平川門
桃華楽堂
楽部
天守閣跡
皇居東御所
三の丸尚蔵館
お濠
吹上大宮御所
吹上御苑
大手門
道灌濠
蓮池濠参集所
蓮池濠参集所
宮内庁
御所
窓明館
半蔵門
大道庭園
生物学御研究所
お田植え処
宮中三殿
お濠
桔梗門
宮殿
坂下門
東京駅
南庭
東庭
伏見櫓
最高裁
三宅坂
二重橋
正門
丸の内界隈
お濠
桜田門
警視庁
お濠
日比谷公園

赤坂御用地

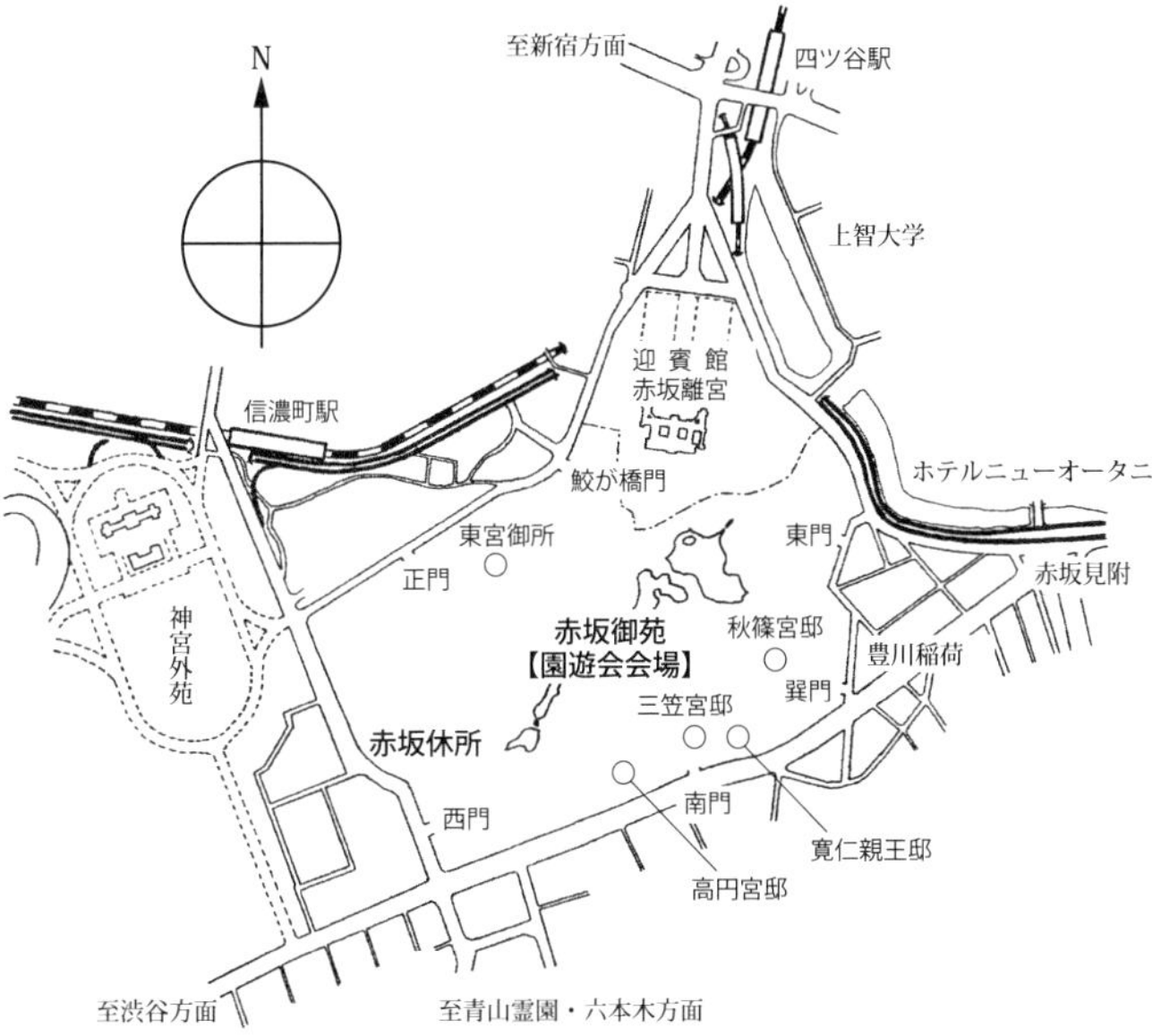
N
至新宿方面
四ツ谷駅
上智大学
迎賓館
赤坂離宮
信濃町駅
鮫が橋門
ホテルニューオータニ
東宮御所
東門
赤坂見附
正門
神宮外苑
赤坂御苑
【園遊会会場】
秋篠宮邸
豊川稲荷
巽門
三笠宮邸
赤坂休所
南門
西門
寛仁親王邸
高円宮邸
至渋谷方面
至青山霊園・六本木方面

勤労奉仕の初日

六時三〇分にホテルで朝食をとり、七時には出発して、まず向かう所は根津神社である。この時期、根津神社ではつつじ祭りが行われていた。バスを降りると境内を半周したところにつつじ山があって、一面の花盛りに、カメラのシャッターを切るのが忙しい。駆け足でお参りと花見を楽しみ、皇居に急ぐのが常だった。

根津神社からバスを進めると左右は東京大学農学部で、本郷通りを左に取ると東京大学正門前に至り、通りから奥を見ると安田講堂があり、なお進むと東大の赤門前（加賀藩の名残）を通過し、本郷からお茶の水の聖橋の手前を右に、駿河台を通り神田を抜けて大手町から右折して、江戸城当時の大手門を前に見て左折、その通りは皇居前の大通りで、一〇〇メートル行くと左突き当りに東京駅が見える。我々は右折して皇居桔梗門前に八時頃到着となる。

お堀の端の歩道に四列に並んで、皇宮警察の係の方から点呼を受ける。しかし、四列に並ぶのが一苦労。長年の経験で、ホテルの部屋割りを四名にして、そのグループで並ばせれば簡単に並んでくれる。後から来た奉仕団は懸命に四名に並ばせようとしているが上手くいかない。

皇宮警察の点呼を受けて、いよいよ皇居内に足を踏み入れる。お堀を渡ると昔の古めかしい鈎型の門が二つあってそれをくぐり、団員が「うわぁー、これが皇居！」と口々に喋りながら入って行く。目の前の建物（窓明館）の前で宮内庁の係の方のお出迎えがある。

窓明館の中に案内され、各団体の決められた場所に落ち着く。団長は許可書と団員名簿を持って係の方の部屋に行き、挨拶と打ち合わせを済ませ、四日間使用するロッカーの鍵を預かり、団員は持ち物をロッカーに納めて指示を待つ。

当日の団体がすべて入り終わると、各団長は再度係の方の部屋に行く。その間、別の係の方から我々に四日間の予定と諸注意を聞かされ、正面にかけてある皇居の航空写真をもとに詳しく説明を受けて、我々団員は団長に名札をいただき、確認して胸に付ける。

初日は最初に二重橋の側にある伏見櫓をバックに記念写真を撮る。

八時三〇分に窓明館前に各団が整列し、人数確認をして、記念写真の現場に行く。途中（私は）皇居参観でお馴染みの道を歩いて行くので、初めて参加された方のために、所々の説明をしながら進んでいく。

宮殿を眺めながら東庭《とうてい》を進み、二重橋に至る。ほとんどの団員は誇らしく二重橋を渡り、勤労奉仕に参加をさせてもらったことを喜び合い、美しい伏見櫓をバックに記念写真に納まる。毎回の事であるが、記念写真撮影は奉仕団にとり大切な行事である。

記念写真を撮り終えると、いよいよ奉仕に携わるのであるが、皇居内の奉仕は三日間になるので、五団体を三団体に組み直して、それぞれの監督さんに従うことになる。


ここではモデルコースを紹介しておこう。

まず、宮殿の案内から始まる。長和殿の並びの潜戸から中に入ると、そこは美しい南庭《なんてい》。芝生の庭園の左手が築山で、数種類のさつきやつつじが見事に植え込まれている。庭園の奥の方には、千草・千鳥の間を背景に、庭石をあしらったせせらぎがあり、夏には蛍が舞う。時には天皇家の蛍狩りが催されることもあるらしい。

この庭は、長和殿と千草・千鳥の間を結んだ渡り廊下の左手にある。宮殿に来られたお客様が渡り廊下を歩かれた時に見ていただくお庭で、過去にイギリスのエリザベス女王がお立ちになったとき以外、どなたもお庭には入られたことがないそうだ。そのお庭に我々が入らせていただく。天気の良い日には芝生に腰掛けて、監督さんのユーモラスな説明を聞くことができるのである。

長和殿と千草・千鳥の間のあいだの渡り廊下の下をくぐると、正段の中庭に至る。正殿を中心として、周囲に長和殿、豊明殿、蓮翠の建物が並んでいるが、これらをまとめて宮殿と言っている。

正殿は三つの部屋に分かれていて、真ん中のお部屋が天皇のご即位の時に、高御座《たかみくら》が置かれる場所になる。

正殿の中庭には、那智の白石が敷き詰められ、右手には右近の橘、左手に左近の桜が植えてある。

次に、先ほどの南庭《なんてい》の築山を上り、つつじやさつきの植え込みの中を通って、表御座所の裏庭に至る。このとき我々が目にする建物こそ、天皇が日頃の御政務にお使いになる建物である。ここの裏庭でも我々は芝生の上に腰をおろして、監督さんの説明を聞かせていただける。

この建物も三つに分かれていて、真ん中のお部屋が天皇の執務室、右隣のお部屋は天皇が不在の時に、皇太子様が代行して執務を執られるお部屋、左隣のお部屋は、皇后様がお使いになるお部屋だと、聞かされた。

宮殿の案内が終わり、長和殿の潜戸から東庭に出ると現実に戻り、団員のあちこちから「ご奉仕は何時になればするのですか？」と声がかかる。監督さんに問いかけると「そんなにお仕事がしたいですか？　そこにあるベンツ（リヤカー）を移動させて、一度洗面所を掃除するのはいかがですか？」。

団員は競うようにして洗面所に走る。それは東庭の隅にあり、洗面所に行かない人達は木陰に入って休憩。先ほどの監督さんが言ったベンツの中にバケツが積まれていて、それがタバコの吸殻入れになる。

休憩が終わってからの午前中の作業は気持ちだけ。その辺りの木の葉を集めて終わり。気を張って参加をされた団員達は「これで作業は仕舞いですか、ほとんど普通では観ることができない所を見せていただいて、悪いですね」と言葉を交わしながら、窓明館に戻った。一一時半。

昼食は、皇居外苑の食堂から弁当（自弁）が配達されてくる。事前にお茶当番は決めてあり、その方達でお茶のサ～ビス。手の空いている人が弁当の配膳をして昼食にありつける。

昼食が終わると、窓明館の中に売店があって、そこにしかない菊の御紋章入りのお土産を買うが、時間に制限があるために大混雑を起こす。

時たま、皇宮警察の音楽隊が、吹奏楽の演奏をして楽しませてくれる。私の経験では、約三〇年の間に三回行われた。年間を通じて奉仕団が入っているので、皇宮警察の吹奏楽のサービスは度々行われているらしい。

一三時。午後の作業に出発。午前中に楽をしたので午後はまその分の取り返し？。東庭に行くとベンツがお待ちで、さっそく作業に移ると思いきや、監督さんが「ご苦労様です。ここでしばらく休憩をしましょう」。

午前の特別参観で喜んだ団員は、その分の作業を取り戻すために意気込んで来たが、本音はやれやれ。

作業はわずかで休憩がしばしば。監督さんの心遣いがよく分かる。いざ作業に移ると広大な東庭に落ちている落ち葉が見る間に掃き清められ「仕事は大勢で！　ご馳走は一人で！」と冗談を言いながら作業終了。一四時三〇分。

あっという間に一日目が終わった。窓明館で係の方の終了の挨拶があって、点呼を行い退出。桔梗門で皇宮警察の退出確認を受けて、迎えのバスの人となる。バスの中では一日の思い出話しに花が咲く。

帰路、靖国神社に立ち寄り参拝を済ませて、一七時にホテル到着。入浴して勤労奉仕第一夜の夕食を共にする時、出発時に不安を感じていた人達が私の傍に来て「今日は大変ありがとうございました」とお礼のビールをくださる。私は、そのビールをいただきながら「明日からはもっと楽しい思い出が作れますよ」と言いつつ、自分のおこなっていることの素晴らしさを再認識する。

勤労奉仕二日目

水月ホテル鴎外荘を七時出発。上野公園の池之端をわずかばかり行くと、湯島天神がある。〝湯島の白梅〟で有名な湯島天神は、名前は知っていても他県の者には珍しく、本殿の参拝が終わると各自境内の梅園で記念撮影に興じる。

次に向かう所は〝神田明神〟。

湯島天神前を本郷の方に進み、最初の交差点を左折して日本橋方面に行くと、右手に湯島聖堂（元禄三年（一六九〇年）五代将軍徳川綱吉創建。孔子廟・神農廟・昌平坂学問所がある）、その前に金襴に彩られた神田明神が荘厳な姿を現わす。

美しい楼門をくぐり本殿のお参りを済ませ、本殿の右側に回ると銭形平次の記念碑が建っている。平次の家は神田明神下と歌や映画で語られているように、碑の前は深く谷底のようになっていて、神田明神を仰ぐように民家が立ち並んでいる。

私が冗談で「銭形平次の家はあそこ辺りです」と指さすと、大方の人は騙されて大笑い！　本殿の裏側から左手には、様々なお社が祀られていて、神輿庫が数個並んでいる。そのうちの一つが開扉してあり、立派なお神輿が拝める。

勤労奉仕の入門時間が迫っているので駆け足でまわる。バスは湯島聖堂の横の聖橋を渡り御茶ノ水から駿河台に入り、ニコライ堂を横に見て靖国通りの小川町を横断し、神田橋から大手町と通り、皇居桔梗門に至る。

二日目になると慣れてきて、皇宮警察の点呼も軽く受けて皇居内に入る。昨日と同じ場所に席を取り、団長は出欠の報告を係に済ませて指示を待つ。

九時になると係の方の合図があって、窓明館前に各団が整列して、二日目の奉仕場所に案内されていく。

蓮池濠の詰め所前まで来ると、二日目の監督さんの紹介がある。その方の後に従って、いざ作業にと勢いづいていると、監督さんが「皆さんそんなに急かなくていいですよ。トイレに行きたい方はいませんか？」。

窓明館を出てまだ時間は経っていないので、団員達は戸惑っていると、監督さんは休憩の指示をされ、蓮池濠の土手に腰掛けさせて、冗談を交えながら皇居内の説明をしてくださるのだ。

毎度のこととは言え、監督さんの話術にはまり、奉仕作業のことを忘れたようになる。様々な皇居内の裏話を聞き、いよいよ作業に出発。昨日と同じように、ここでもベンツが用意されていて、数人のベンツ係の後に従い、我々は次の場所に移動をする。

特別地域の大通りの左手に〝大道庭園〟がある。この庭園には、国賓の方が見えられた時に宮殿内で使用される立派な盆栽が多数管理されている。その中の特に有名な盆栽を実際に鑑賞し、監督さんに説明をしていただいた。団員達は言葉もないほどの感激を受けた。

ここでは、盆栽の他にも四季の花々の管理がなされていて、宮殿のそれぞれのお部屋の飾り付けに使用される。その木々や花々を育成するための、堆肥、土、砂、鉢等々が整然と並べられ、団員の口から「ここの花はしあわせやなあ〜」との声が漏れ聞える。

大道庭園を大通りに出てすぐ左に古い建物が一軒建っている。その建物は、皇后様や皇太子妃が〝宮中三殿〟にお入りになる際に〝潔斎〟を行われる所である。

監督さんから説明を受けつつ潔斎所の前を進むと、右折れして吹上御苑に向かう道と、塀に囲まれた宮中三殿への入り口がある。我々は塀の中に案内された。

この場所は、皇居内でも一番重要な場所で、宮内庁に勤めている方でも特別な人以外は入れない。

〝宮中三殿（賢所・皇霊殿・神殿）〟は幾組かの棟を重ね合わせてできている。天皇陛下のみ入られるお部屋や皇后陛下や皇太子両殿下のお入りになるお部屋に分かれて造られているらしい。

塀に沿って裏側に回ると、道を隔てたところに建物が建っている。この建物は、宮中三殿で行われる御祭りに参加をされる皇族方の控えの部屋になっている。

裏門からご本殿の建物に向かって、団長の発声で黙祷を捧げ、次なる場所へと案内していただく。その道すがら、一つの真新しい建物を見た。宮中三殿の仮宮であるらしい。それ以上の説明は監督さんではできないと言われた。

その辺りは皇居の中でも一番西に位置した場所で、少し右に取ると景色が変わり、木造の古い建物が建ち手前に温室があって、その前一面は桑畑でおおわれている。桑畑の前には〝陛下がお田植えをなさる田んぼ〟がある。

古い建物は、昭和天皇時代から〝植物研究所〟として、また、今上陛下が〝生物学の研究〟にご使用になられている建物。桑畑には、皇后様が紅葉山の御養蚕所で飼われている蚕の桑が植えてある。

田んぼといっても一反を四つに区分けした小さな田んぼで、お田植えの時には、陛下が幾株か植えられて、後は宮内庁の職員の方が植えられる。刈り取りも同じように、陛下が数株刈り取られ、残りは職員の方が刈り取られる。

刈り取った稲は昔のように自然干しをして、脱穀機で脱穀をして、新米を宮中の皇祖や神々に捧げる。

このような説明を、田んぼの端の空き地に腰をかけて、監督さんから面白可笑しく聞かせてもらうので、時間の経つのが早く、またまた作業の時間がなくなり、三〇分ばかりの形だけの作業をして蓮池参集所に向かった。

この日は、我々皇居勤労奉仕団が最も願っていた、天皇皇后両陛下とお会いする日になった。

宮内庁ではあらかじめ予定を立てていたことと思う。が、我々勤労奉仕団は、御会釈は間違いなく行われると確信はしているものの、いつどのような場所であるかは分からない。

監督さんから「今日の一一時三〇分に御会釈があります」と聞かされ、午前中の特別参観や軽作業で疲れていた団員は急に元気になり、蓮池参集所に到着した。

すでに他の奉仕団も着いていた。宮内庁の係の方の指示に従い、まず身の回りを整えて、所定の場所に案内され、両陛下がお越しになった時の対応についていろいろ説明がなされた。

とくに各団の団長は両陛下にご挨拶を述べるので、その注意がなされた。最後に万歳三唱の発声者を決めなければならない。

両陛下に対する万歳三唱の発声は大変名誉なことで、大方の団長は手を上げて申し出る。厳粛な行事に一瞬水を差すような空気が流れ、見ている我々が気を揉む一時である。

発声の希望者が多いのでくじ引きで決める。結果、我が団長が万歳三唱の発声者となり、団員一同大喜び。

宮内庁の侍従の方の合図で両陛下のお越しが間もなくだと分かる。蓮池参集所の窓の外に皇宮警察の動きがあり、少しすると両陛下のお車が到着。室内の者は軽く頭を下げてお迎えをする。

お車のドアが開くと皇后様が降りてこられて頭をお下げになって、陛下をお待ちになる。陛下が出てこられると、陛下のお後に従い、我々のいる部屋の入り口で軽く会釈をされて、最初の奉仕団の前にお立ちになる。

御会釈の始まり。最初の奉仕団の団長からご挨拶を申し上げる。緊張のあまり声が擦れて聞き取りがたい時もあるが、大方の団長はさすがに立派な挨拶をされていた。

いよいよ我が団の前に両陛下がお立ちになった。我が団長（平成二〇年女性）は、両陛下の前で堂々と挨拶をおこなった。

団長が「昨年（一九年）、大阪で開催されました世界陸上競技大会にお越しの節、羽曳野の老人特別養護施設をご訪問いただいた時に、我々浄願会皇居勤労奉仕団は、施設前でご奉迎をさせていただきました」と、お話をすると、陛下は「あの時は大変暑かったね、ご苦労でした」と、述べられた。

ご多忙な陛下が、昨年の我々のご奉迎を知っておられて、わざわざ労いのお言葉をかけていただいた。この時、ご奉迎に参加をした者も多数いて共々に喜んだ。

両陛下が各団体を回り終えられて、部屋の中央にお立ちになると、各団長が両陛下の前に進み出て、我が団長の発声で「万歳！　万歳！　万歳！」と三唱をして言祝《ことほ》いだ。

両陛下がお車に乗り、蓮池参集所を後にされる。皇后様は窓からお手を振っておられた。

室内では、団員たちが各団長の側に寄り、両陛下への挨拶が良くできたと語り合った。我が団長には特別に皇后様からお声がかかり、首に掛けていたネックレスが何の実で作られているかを問われたが、それを物怖じもせず応えていたのを団員が称えあい、しばし先ほどの余韻を楽しんだ。

足取りも軽く窓明館に戻り、昼食をとったが、先ほどの御会釈のことで話が尽きず、一時間の体憩が瞬く間にすぎて、午後の作業に出かけたのだった。

良い後は何とかで、午後は今日の特別参観が済み、すべての時間を作業に当てられた。昨日から作業というほどの作業はまだしていない。午後の作業場の山下通りは少し厳しかったが、通りの両側の掃き掃除に精を出した。

二日目の作業も三時三〇分には終わり、点呼を受けて退出した。ホテルに帰るまでの間、浅草方面に回った。皇居から日本橋に至り、四号線を浅草橋に出て、隅田川を渡るとそこは両国、両国国技館を見ながら関東大震災で亡くなられた方の慰霊堂横を通り、再度墨田川の駒形橋を渡ると〝浅草の観音様〟。

台東区営駐車場で観光バスを降りて、二天門から浅草寺の境内に入る。本堂のお参りよりも仲見世を楽しみ、時間の経つのも忘れる人が出てくる。

上野池之端の水月ホテルへの帰着は一七時三〇分頃。二日目のことでホテル内の様子も分かり、所定の時間には夕食に集まってこられる。昼間の余韻を引きずりながらの夕食は実に和やか。途中からホテルのサービスでフルート演奏が入り、ますます宴が盛り上がる。

勤労奉仕三日目

この日のご奉仕は赤坂御用地、東宮御所。

ホテルを七時の定刻に出発し、赤坂御用地までは車窓からの景色を楽しんでもらう。皇居前から日比谷公園を左に見てバスは右に折れ、レンガ造りの元法務省前を通り、右に桜田門、左に警視庁を眺めながらまっすぐ坂を上りつめると国会議事堂が正面に威容をあらわす。左手には霞ヶ関の官庁が立ち並び、右手には憲政記念公園があって、ここは日本の中心部である。

国会議事堂の正面を右に曲がり、三宅坂の交差点手前の信号を左にとると、右手に国立国会図書館が建っている。その先の信号を議事堂に沿って左に回ると、議事堂の裏手になる。

国会議事堂の裏手にあるのは、手前から参議院議員会館一棟、衆議院議員会館二棟、その先には新旧の首相官邸が建っている。

我々の観光バスは、国会議事堂を一周して青山通りの永田町に出るが、その手前に自民党本部がある。青山通りに出てすぐ左手に衆議院議長公邸と参議院議長公邸が並んでいて、坂を降り切った所が赤坂見附。

赤坂見附の交差点の右側は弁慶濠で、その堀の上にそそり立つのがホテルニューオオタニ。弁慶濠に沿った紀之国坂を上り最初の信号を左折すると、迎賓館の正面に至る。

迎賓館の右手には上智大学校、真正面は四谷の交差点で、左側一面に学習院初等科を見ることができる。

迎賓館の角を左に進むと坂になる。坂を下りきったところの左に鮫ヶ橋門があるが、この門が東宮御所の正門に当たる。そのままバスは進み権田原交差点に出る。その先が明治神宮外苑だ。この交差点を左に行くと青山一丁目の交差点に至るが、その手前に赤坂御用地に入るご門があって、我々はそこから入門。

赤坂御用地は昔、紀州藩の江戸屋敷跡であった。現在は迎賓館や東宮御所、各宮家のお屋敷のあるところ。敷地は皇居の約半分、一七万坪を有している。

警備の皇宮警察に入門書を提示して人数確認を終え、ご用地内の休憩所に落ち着き、各団の集合を待つ。窓明館と違ってこちらの休憩所は狭く、五団体が入ると大方室内は満杯になる。

九時になると係の方の挨拶があり、一日の予定について説明を受ける。、前庭に整列し、それぞれの監督さんに従って、ご用地内にある、園遊会の会場にあてられる広場まで案内される。

テレビでお馴染みの園遊会の会場予定地で記念写真。園遊会会場の中心になる大小の池をバックに撮っていただく。

実は勤労奉仕団は奉仕中、カメラの使用が禁止されている。我々奉仕団は、一般の人の入れない特別区域まで入って奉仕作業をするため、このような規則が設けられているのである。

記念写真を撮り終えて、園内が一望できる芝生の丘で監督さんから改めて園内の説明を受ける。我々の芝生の丘の後ろには迎賓館の建物が頭を出していて、前方の大小の池の後ろ側に、各宮家のお屋敷が点在している。

過去、秋篠宮様ご結婚の翌年の奉仕の折りに、宮様のお屋敷（普通の民家と変らない）を作業をしながら通った時、お屋敷の前のガレージに黄色のワーゲンが停めてあるのが見えた。監督さんに尋ねると、宮様がいつも愛用されているものとのこと。お住まいもお車も実に質素で、団員達は皇室の方々の生活の一端を垣間見て、感心をしあった。

監督さんの説明が終わると、園内の散策に移る。園遊会では二千名近い人達で埋め尽くされるところを、我々は二百名足らずの少人数で楽しく散策できる。大池の傍をまわり込み、小池に架かる橋の上に立つと、池と先ほどの芝生の丘と迎賓館の建物が見事にまとまった、一幅の絵のように美しい景色を見ることができる。背景一面は紅葉の樹々に覆われている。

昭和天皇がご生前、勤労奉仕団のことを「何よりも大事なお客様です」と語っておられたと聞き及んだ。わずかな時間ではあるが、園内を観賞させていただけることは至福の喜びである。

記念写真と園内の散策でけっこう時間が過ぎ、わずかな作業で午前中は終了。

午後の作業は時により様々であるが、園遊会の前に入った時には、準備のお手伝いをしたこともあった。

昭和天皇ご崩御の前年のご奉仕の時

園遊会の前日にご奉仕に入った時のこと。園内は慌ただしく準備が進められていて、我々奉仕団も監督さんの指示で動いていた。園内の中心の場所では専門の作業員が作業をしていて、一面のテントが張られて、その地面には床を巡らし段のない迫し出しを造っていた。監督さんに伺うと、ここが明日、昭和天皇がお立ちになる御立ち処になると説明を受けた。

本来なら、園遊会に招かれた人達は、大池を前にした芝生の端に並んで、その前を天皇や皇族方が回られることになっているが、昭和天皇はご高齢になられていたので、この時は特別仕立てのテントの前にお立ちになり、決められた招待者が陛下の前にご挨拶に伺うことになっていた。

平成時代に話を戻す。我々奉仕団は午後の作業の途中、監督さんの指示で作業をやめて、東宮御所に案内された。

奉仕団員待望の皇太子様との御会釈に新たな期待をふくらませながら、東宮御所の玄関前に集合。各団毎に玄関から御所内に入り、左にある部屋に通される。

このお部屋は、陛下が皇太子時代にご使用になられたお部屋で、我々にとり懐かしい所である。東宮職の方の説明がなされ、両陛下の御会釈と同じ要領で、皇太子皇太子妃両殿下との御会釈を行う。

皇太子皇太子妃両殿下が団長の前にお立ちになると、団長から簡単な団のご報告をして、皇太子様からお問いかけがあれば、団長がお答えする。この要領で五団体の御会釈が終わると、団長の代表が万歳三唱の発声をし、全員そろって万歳、万歳、万歳を言祝ぐ。

赤坂御用地での奉仕はまたたく間に終わり、退門の点呼を受けて観光バスに乗込んだ。表通りに出て、ホテルに帰るまでの間、車窓観光に移る。

青山通りから表参道に入り、左右の欅並木や森ハナエビル等、様々な有名店を眺め、原宿の交差点から神宮橋を渡って、明治神宮の駐車場に入り、駆け足で明治神宮を参拝する。時間の都合がつけば、東京都庁の最階上の展望室から都内の景色を楽しむこともあり、また、時には団員の希望で国会議事堂の見学を入れることもある。

内容の濃い一日を送り、ホテルに帰り入浴と夕食を済ませるが、中には東京の友人知人と時を過ごす人もいるし、元気の良い方は上野駅前のアメ横に繰り出すこともある。

我々の泊まっている宿は、森鴎外の旧宅で、当時の家が保存されている。鴎外が『舞姫』

を著述した部屋や原稿が展示されていて、旅の思い出に記念写真を撮る人もある。

真綿のチョッキを縫われる

昭和天皇の軍服で作ったスリッパ

勤労奉仕最終日

勤労奉仕の最終日。四日間滞在したホテルを引き上げるのに、お土産や手荷物の整理をしなければならず、これが大変。ホテルの出発は七時三〇分。

慌ただしくホテルを後にして、観光バスに乗り、皇居に直行。慣れた窓明館で最後のご奉仕の時間待ち。売店でお土産の買い足しをしたり、他の奉仕団の方々とのお別れの挨拶をしたり。みなそれぞれ思い思いの感慨があるようだ。

我々の最終日のご奉仕の場所は、東御苑（旧江戸城本丸二の丸付近）だ。この東御苑は一般開放されている。休園日は月曜日・金曜日。ただし、天皇誕生日以外の「国民の祝日等の休日」には開放される。

皇宮警察本部前に行くと、我々の案内をしてくださる監督さんが待っておられた。この方がまた素晴らしい監督さんで、ユーモアを交えて内容の濃い説明をしてくださるのだ。

一般の方は大手門の受付から三の丸尚蔵館前を通ってくるが、我々もこの辺りから二の丸に向かう。最初に通過するのが同心番所。大きな組石の前に説明板があって、そこでおおよその説明がなされる。

説明板の斜め前には長い棟をもった百人番所が建っており、ここで鉄砲組一〇〇人が警備をしていたと説明がある。江戸城で一番大きな石を使った石垣を眺めながら坂道を上りかけると、大番所が建っている。この番所は江戸城に入る最後の関所のようなもので、当時は厳しい警備がなされていたらしい。

坂を上ると左右の石垣に黒い焼跡がある。これは明暦の大火（振袖の大火）の余波で焼けたもの。その石垣を抜け切ると、広大な庭園があらわれる。芝生に覆われた素晴らしい眺め。ここが江戸城の中心の本丸跡。

この場所は現在、震災等が発生した時のための避難場所になっている。日頃は、一般の人々の憩いの場所として、家族連れで弁当開きを楽しめる。

監督さんに連れられて歩を進めると、中大奥辺りの左手に松の大廊下跡の標《しるべ》を見る。さらに少し行くと竹林があるが、ここには様々な珍しい竹が植えられていて、我々を楽しませてくれる。この辺で休憩となる。

天守台跡と大奥跡が正面にあり、その前方には香淳皇后様の還暦を記念して建てられた桃華楽堂が建っている。その後方には、楽部・書陵部の建物が見える。楽部は、雅楽の保存、演奏・演舞、宮殿で演奏される洋楽も担当する部署。雅楽は国の重要文化財に指定されている。書陵部では、皇室関係の貴重な図書等や全国に点在する陵墓の管理をしている。

本丸を後に汐見坂を下るが、昔はこの坂から日本橋の向こうに海が見えたという。それで汐見坂と名付けられた。ここを下りきった所が二の丸庭園。

二の丸庭園には、江戸城当時の様子に復元した回遊式庭園と、昭和天皇の希望で造られた武蔵野の面影を持つ雑木林、全国の県木の植えられた庭がある。

監督さんの熱心な説明を聞くうちに時間が経ち、窓明館に戻り、昼食をとる。

それから午後の最後の作業に出発。午前中は大半の時間を特別参観ですごしため、申し訳ない気持ちで作業場に向かう。行くとベンツが用意されていて、数人がベンツ隊に。

作業を心がけてきた我々を、監督さんは思いもよらないところへ連れて行ってくださった。大手門の脇を左に入ると宮内庁病院があり、それから奥に行くと多くの厩舎が並んでいる。なお奥に入ると馬場があった。

事前の説明のないまま案内され、馬場の観覧席に腰をかけた。我々より後から宮内庁の係の方がお客様をお連れして来られて、我々と同席された。

実は、これから見るのは【母衣・幌《ほろ》】といって、古式ゆかしい宮中演技。背中に約九メートルの吹き流しをつけた二人の騎手が馬に乗って演じる。二頭の馬が対極に分かれて、馬場内を、はじめはゆっくり歩む。一度二度と回りながら騎手が背中の吹流しを解いてゆき、気合いを懸けあう。

四度目には対極から、今まで以上の気合いを懸けて疾走する。背中の吹流しが風を含んで空中に舞い、対極に達すると再び気合いを入れて疾走‼。

二頭の馬は演技を終えると我々の前に立ち並び、騎手と馬とが共に礼！　騎手の額には汗がにじんでいた。

この演技は、国内外の大事なお客様が来られた時にお見せするもので、ふつうでは何人も観ることのできない貴重な体験であった。本番では古式にのっとり、昔の装束に身を固めて行われることは言うまでもない。

思いもよらない体験に感謝・感謝・感謝。我々は残された作業時間に精を出した。

最終日なので、天皇陛下から賜り物が下賜される。数名の代表者が宮内庁に出向き、総務課の係の方が天皇陛下のご名代となり、賜り物の拝受式が行われる。

四日間のすべての行事が終わった。窓明館に戻った団員達の顔には笑顔があふれている。無事にご奉仕のできたことを喜び合い、陛下からの賜り物を各自いただきながら、宝物のように大切にしまう姿があちこちに見られる。

伏見櫓と赤坂の園遊会会場で写した写真も届き、しばし四日間の思い出に浸るのである。

以上、勤労奉仕の概要を綴った。これは主に平成時代の時の思い出深い出来事をまとめたものである。

第三章　天皇皇后両陛下、皇太子殿下とのお出会いの数々

昭和天皇の時代

昭和六〇年頃から皇居勤労奉仕に従事するようになり、皇居一般参観とは違った区域まで入れるようになった。天皇皇后両陛下とのご会釈や、その時々の思い出を綴つてみたい。

清掃奉仕中の出来事

昭和天皇がご健在であられたある時、我々勤労奉仕団は、現場の監督さんの指示で簡単な清掃をしていた。その時に、皇宮警察の方が来られて監督さんに何事か小声で囁かれた。監督さんは、団長に清掃をやめて道の傍らに整列をするように指示をされた。勤労奉仕に就いて間のない私には何事が起こったのか見当がつかない。

すると間もなく菊の御紋章をつけた一台の車が近づいてきた。我々の傍で最徐行をしてウィンドーが開くと、天皇陛下が窓越しに手をお振りになりながら笑顔を向けてくださった。

並んでお迎えした我々とは一メートルあるなしの距離。横に二列で並んでいる五〇名ばかりの者達は、余りの真近でお会いした陛下のお顔の優しさに、お車が去っていった後もしばらくは言葉もなく、お互いの顔を見合せて感激に浸った。

昭和天皇の御会釈の様子

昭和天皇との御会釈は、表御座所（天皇の御政務をなさる建物）の玄関口で行われた。我々勤労奉仕団員は、各団（五団体）が五列くらいで横並びになって天皇陛下のお出ましをお待ちする。

表御座所の奥から侍従の方があらわれて、天皇陛下のお出ましを告げられ、数分後に陛下がお見えになる。

陛下の崩御される三年前のことで、多少歩行にご無理があった。ゆっくりと歩を進められ玄関前に置かれた壇の上にお上がりになるのだが、足元が定まらず、何度か足元を確認されてお上がりになった。その間、侍従の方は傍らで頭を下げているだけで、私は内心手を差し伸べてお助けしたい思いになった。

壇上に上がられた陛下は足元を確かめながら、勤労奉仕団に挨拶された。「今日は勤労奉仕に来てくれてありがとう。皆が幸せであることを希望します」と述べられると、五団体の団長の中の代表が数歩前に出て「天皇陛下、皇后陛下、万歳！　万歳！　万歳！」と発声。それに合わせて、団員全員が万歳三唱をして御会釈が終わった。

昭和天皇の崩御の前年にも、同じ表御座所での御会釈があったが、玄関回の階段に迫し出しをつくり毛氈《もうせん》を敷いてあった。その上をお歩きになり先端にお立ちになっての御会釈だった。

一般人であれば手を差し伸べて手助けができるのに、お立場上とはいえ何かお気の毒な思いに駆られた。

昭和天皇との御会釈の前後のこと。宮内庁の前の乾門通りを北に進むと、右が蓮池濠で、左の道灌濠を過ぎたところに皇宮警察の詰め所が建っている。そこを入ると一本の大通りがあり、右一帯が特別地区と言われる吹上御苑になっている。その中に、吹上御所（両陛下のお住まい）と大宮御所（皇太后様のお住まい）が建っている。

無論、勤労奉仕団でもこの地区には入ることができない。監督さんの話では、吹上御苑の中は、昭和天皇の思し召しで、多くの樹木が自然のままに生い茂り、様々な野鳥や獣が生息して、他では観ることのできない自然の宝庫となっているとのこと。

この特別地区の大通りの清掃をしていた時に、監督さんの指示で作業を中止したことがあった。道の片隅に寄り整列していると、一台のワゴン車が通過して行った。ワゴン車にはカーテンが引かれておらず、車内がよく見えた。車の中に乗っている方は皇后様であった。

ワゴン車を特別仕立てして、車椅子のような所に無表情に前方を眺めながら乗っておられた。そこにはかつて笑顔で我々奉仕団員に御会釈をされた、元気なお姿はなかった。

平成天皇の時代

平成天皇の御会釈の様々

平成の御世に移ってから数年のあいだ、陛下は赤坂御用地の東宮御所の建物を御所としてご使用になられた。

平成元年の皇居勤労奉仕の御会釈の場所も、皇太子時代に東宮御所としてご使用になっていた仮御所であった。

このとき初めて御所の中に入れていただき、中庭を通って月の間に案内された。中庭には白樺の木が数本植えられていたが、なぜか弱々しく感じられたのが印象に残っている。

天皇陛下は、青春時代に軽井沢に通われ、軽井沢をこよなく愛されていた。その思い出として御所内にお植えになったと説明を受けた。

月の間での両陛下との御会釈は、一般では叶えられない実に思い出深い体験である。

奈良県近歩会（元近衛歩兵連隊）の御会釈

右記の月の間での御会釈は、奈良県近歩会（元近衛歩兵連隊）のメンバーで皇居勤労奉仕団を結成し、私がその案内をした時の出来事であった。

この時に上がった奉仕団は五団体。各団とも緊張をしながら両陛下のお出ましを待っていたが、待ち時間のあいだに、我々は周囲の状況に慣れてきて、御所があまりにも質素であることを語り合い、改めて天皇家のご生活の一端を知ることになった。

侍従が両陛下のお越しを知らせてくれ、我々は威儀を正してお迎えした。

月の間の入口からお入りになった両陛下は、入口に近い団体から順にお声がけをされて、やがて我々の団体の前にお立ちになった。

我々の団長はおもむろに巻紙を取り出して、朗々とご挨拶の趣旨を読み上げた。その内容は、戦時中に近衛兵として皇居の守りを固めたことや、天皇が皇太子時代に日光田茂沢御用邸に集団疎開をなされていた時の思い出話などであった。団長が「御用邸内で皇太子に相撲のお相手をした者も参上しています」と言うと、天皇は「その方はどこにいますか」と後方の団員に眼を配られた。

団員の中頃にいたその人は、列から離れて陛下の前に進み出て「自分であります」と敬礼をしながら申し出た。すると皇后様が「どちらが勝たれましたか？」と笑みを浮かべて問われた。その人が「当然、陛下であります」と応えると、皇后様は「陛下は負けていただいたのですね」。

ここで室内は笑い声に満ちた。

陛下と相撲を取られたこの方は、何ものにも代えがたいお言葉を両陛下からいただいた。そこに居合わせた人達も、そのお裾分けにあずかり、かつてない御会釈の日になった。

翌年の赤坂御所での御会釈

この時の御会釈は右記のような和やかなものではなく、不穏な空気の漂う異常な御会釈となった。やはり月の間での出来事であった。

いつものように両陛下のお出ましを待っていたとき、北海道の奉仕団の団長の動きが何か異常だと感じたが、それが的中した。

各団体の前でご挨拶が進み、北海道の団体の前に両陛下がお立ちになると、北海道の団長は懐に手を入れて何かを取り出そうとした。陛下は一瞬後退りをされた、すると周りにいた侍従や皇宮警察らしい人達が数人駆け寄り、その男を取り押さえ別室に連れて行った。

後で聞いたことだが、懐には凶器ではなく、天皇に直訴をするための文面が入っていたらしい。この団体はその後見かけなくなった。多分申し込み申請をしても受け付けられなくなったのではないか。

平成四年には皇居の中の吹上御苑に御所が完成して、赤坂からお移りになったので、御会釈も皇居蓮池濠参集所で行われるようになった。

平成四年の御会釈

皇居に天皇のお住まいができた最初の年であったと思う。この時の我が副団長さんは堺市の中島啄二氏であった。

中島氏は昭和天皇時代に勤労奉仕に参加されていたが、私と会って再度勤労奉仕に出ることを心がけられるようになった。

このとき私は、中島氏に団長として参加してもらうように頼んだ。団長は団体を代表して、御会釈で両陛下に挨拶を申し上げるが、その機会があることを約束した。しかし、実はこの時すでに私を団長として申請が終わっていたのである。確定名簿で中島氏を副団長として届ければ、実際には中島氏が団長として御会釈できるであろうと軽く考えていた。

中島氏は、皇居で天皇皇后両陛下にご挨拶のできることを大変名誉に思われて、ご兄弟にも勤労奉仕の参加を勧め、奥様やご兄弟合わせて一〇数名で参加をされた。

東京に入り上野の水月ホテルに泊まって、勤労奉仕に上がっていたが、いよいよ明日に両陛下の御会釈が迫ったその夜、私がなんとなくホテルの中庭を見ると、庭の中にある一本の木に向かって懸命にしゃべっている中島氏の姿を見た。

手にメモのようなものを持って、何度も何度も繰り返ししてしゃべっている。明日、両陛下の御前で話す言葉の練習であることは明白であった。

翌日皇居に上がった時、私は宮内庁の係の方に、午後の御会釈を、副団長の中島啄二氏に代えてもらうようお願いした。しかし係長は、御会釈は各団長でなければならない、変更は認められないと、言い張られた。

私が中島氏にその旨を告げると一度に気落ちされて、勤労奉仕に誘った兄弟や親族に合わす顔がないと言われ、私も自分の軽率な思い付きを後悔した。中島氏を副団長として届けておけば、現場での変更は可能と考えていたが、お相手は宮内庁、役所の中でも一番融通の利かない所であった。

私は考えた……仮病を使うことを。

私は生まれながらに両足が悪い。左足の足首が裏返しになったような形で生まれたのだ。あとで正常な形に治してもらったが、無理が利かない。また右足の小指と薬指がくっ付いており、足に合う靴を探すのに苦労した。

このようなハンデを仮病に使い、係長に再度申し出て、自分の両足を見てもらい、長時間御会釈の場で立つことができないと訴えた。しかし、私の訴えを聞いていただけなかったので、午後の奉仕を休んで窓明館にとどまることにした。

中島氏と団員にその理由を伝えて、御会釈の無事を祈った。

作戦的中！　蓮池濠参集所での御会釈は、副団長の中島氏にやってもらうことにしていたが、その状況は私には分からないまま時は過ぎた。しかし、午後の作業が終わり、団員が窓明館に帰って来たとき、団員の方が口々に、中島氏の御会釈が他の団長よりも素晴らしかった、と私に伝えてくれた。

また、中島氏のご兄弟や奥様がわざわざ私にお礼の言葉を述べてくださり恐縮した。仮病を使って御会釈を代わったのは後にも先にも私だけかもしれない。

平成五年の御会釈

平成五年の団長は、奈良県吉野町の垣本幸一氏で、お年が八〇歳になられていた。ところが、この当時、団員には七〇歳までという年齢制限があり、本来なら八〇歳では参加できないはずであった。

しかし、おかしな話で鎌尾先生は八二歳まで勤労奉仕に従事されたし、他の団体でもほとんどの方が七〇歳を過ぎても団長を続けておられる。

すなわち、本音と建前が別になっているのが宮内庁の世界であった。確定名簿に届けた年齢がその方の実年齢とみなされる。後は本人が責任をもって対処をすれば良いことになっているらしい。

いつものように蓮池濠参集所で御会釈がなされた。

我々の団体の前に両陛下がお立ちになり、垣本団長が「何県何町の奉仕団、何名でご奉仕に上がりました」と申し述べると、陛下が垣本団長に何かを問われた。

その時、垣本団長は自分の耳に手を当てて「なんだ?」と問い返したので、陛下は少しお身体を前に寄せるようにして、再度お問いかけをされた。

垣本団長は「失礼致しました……」とお答えして御会釈が終った。

この陛下との問答の様子を見た我々は、陛下のお心遣いに改めて感謝した次第。

その後、垣本氏のご子息にお会いする機会があり、この話をすると「親父が天皇陛下に耳に手を当てて聞き返すとは……」と爆笑、やがて泣き笑いに変わった。

この時の団体は皇后陛下から特別の賜り物をいただいた。それは、立派な皇室アルバムで、多分国賓か大事なお客様にしか差し上げられないもので、限定本であった。いただいた理由は、長年の模範的な奉仕団であるということ。

垣本団長は、私にはもらう資格がないと固辞されたが、「この栄誉にあずかる時の団長を務められた幸運です」と言って、垣本団長にお持ち帰り願った。

垣本団長の家には、陛下との問答のときの話題と、皇室アルバムが、家宝としていつまでも残されることであろう。

平成一五年の御会釈

平成一五年の団長は、大阪府羽曳野市の葉山忠二氏で、羽曳野では旧家の大旦那様。屋敷内には仙台の釜石神社の分霊をお祭りしてあり、神主も勤められている、実に真面目なお方である。

皇居桔梗門前で皇宮警察の点呼を受ける時から、この方の真面目な態度が現れる。四列に並んで点呼を受ける時には、大方の団長は私の指示を求めながら四列に並べるのだが、葉山団長は団旗を手にして前から後に大声で「四列で整列！　整列！」と叫びながら団員を整え、係の警察官の前に行き、「大阪府浄願会皇居奉仕団団員男何名女何名揃いました」と姿勢を正して報告をする。団長のあまりの生真面目さに、係員は笑みを浮かべながら応えてくれる。

点呼を終えると「全体進め！」。まるで軍隊の行列のようにして皇居内に入る。窓明館に入ると宮内庁の係の方のところに早足で行き「大阪府浄願会皇居勤労奉仕団、ただいま参上致しました」と敬礼。

すべてがこのスタイルで進められた。皇居内の移動でも、団長は団旗をひるがえして先頭に立つのだが、歩くのが速くいつの間にか列を置き去りに。常に数歩は出すぎてしまい、私が慌てて「団長、もう少しゆっくり歩いてください」と何度もお願いする始末。

皇居内は大通りが多く、けっこう車の通行量がある。速く歩くかと思えば、前方から車が来たときには見境なく我々の列を止めてしまい、車を優先させようとして、監督さんに注意をされた。皇居内では車よりも勤労奉仕団優先の特別扱い？を受けている。

天皇皇后両陛下の御会釈の時がきた。団長の心の昂ぶりは最高潮に達し、そわそわして落ち着けない状態を後ろで感じている私。

しかし、緊張しているのは我が団長だけではない。両陛下が間もなくお越しになることを知ると、室内が一瞬、物音一つしないほど静かになる。堪え切れずに誰かが咳払いをすると、待っていたとばかりにあちこちで咳払い。

両陛下が入口からお入りになり、一礼をして、最初の団体の前にお立ちになった。私は意地悪く?団長の様子を眺めていたが、足元が定まらず震えているように見えた。

いよいよ我が団の前に両陛下がお立ちになった。まず団長から団体としてのご挨拶をしなければならない。

葉山団長は、両陛下の前で起立をしたまま、なかなか言葉が出てこない。私も団員とともに祈る気持ちで待っていた。

その時、両陛下の眼差しに笑みがこぼれた。団長の心の落ち着きをお待ちになられている。そのお姿に我々は救われ、葉山団長も意を決したように、両陛下に対しご挨拶を申し述べた。厳粛な瞬間であった。

大役を終えた我が団長は、意気揚々?と窓明館に引き上げた。先ほどの話で持ち切りになり、他の団体の方々からも喜びの言葉を受けた。我々の団員だけでなく他の団体の方々も心配をしておられたことが良くわかり、奉仕団の互いの友情に感謝した。

東宮御所で皇太子殿下との御会釈

皇居勤労奉仕四日間のうちの一日は赤坂ご用地内でのご奉仕であるが、この日皇太子殿下の御会釈があり、各奉仕団はそろって東宮御所内のお部屋に通される。

天皇皇后両陛下の御会釈と同じように、東宮御所内でも東宮職の方から御会釈の説明がある。ここでも五団体の団長の中から代表を選び、御会釈が終わった後に万歳三唱の発声をするのであるが、その重責?を我が団長がになうことになった。

皇太子様との御会釈も終わり、いよいよ万歳三唱の発声の時がきた。我が葉山団長は緊張しながら皇太子様の前に進み出て「皇太子殿下、皇后陛下……」「もとい、皇太子殿下?・?・?・?……」「皇太子殿下?・?・?……」

本来は「皇太子殿下、皇太子妃殿下万歳！　万歳！　万歳！」と言うところを、皇太子殿下まではうまく言えたが、皇太子妃殿下を皇后陛下と言いまちがえて慌ててしまい、五回くらい繰り返して、やっとまともに発声を終えたのだった。

御会釈が滞りなく終わり、皇太子様がお下がりになったあとの部屋の中で、我々は御会釈を無事に終えられたことを喜びあっていた。我が団長への労わりの言葉を他の団体からもいただいた。そんな中、間もなく東宮職の方が来られて「先程はご苦労様でした。皇太子様が来年もお越しくださるようにと言っておられました」と、葉山団長に労わりのお言葉が届いた。部屋に居た団員全員が皇太子様のお心遣いを称えあった。

平成一九年の御会釈

平成一九年の団長は、大和高田市の川口登喜子様で、浄願会皇居勤労奉仕団としては初めての女性の団長である。

川口団長は日頃、税理士として活躍されている。皇居勤労奉仕は健康の許す限りさせていただきたいとおっしゃっていた。この年で四年目のご奉仕になり、他の団員の方から団長推薦の話があったのでお勧めした。

六〇代と奉仕団の中では若い団長さんで、男性にない細やかな心遣いでよく団をまとめてくださり、皇居に入った。

いよいよ御会釈の時が近づいてくると、何度も私に問いかけてこられ、「心配やわあ」

と緊張されていた。

蓮池濠参集所に入り、宮内庁の係の方の指示で所定の場所で両陛下のお出ましを待っている間に、いつものように万歳の発声者を決めることとなり、各団長が中央に集まり協議をしていた。

くじ引きの結果、我が川口団長に決まった。決まった瞬間、川口団長はその場で大きく両手を上げて我々団員に知らせてくれ、我々団員も拍手をして喜び合った。

天皇皇后両陛下がお出ましになり、御会釈がはじまった。我が団の川口団長の言葉を聞かれると、特に皇后様は女性同士の親しみからか、身を乗り出すようにして川口団長に問いかけをされた。皇后様のお問いかけに物怖じもせず笑顔で言葉を返している団長の姿は健気であった。

いよいよ万歳の発声の時がきた。誰もが緊張する一瞬である。

「天皇陛下、皇后陛下万歳！　万歳！　万歳！」と部屋中に澄みわたる声で堂々と発声をした。

両陛下がお部屋を下がられて、一度に気の抜けた空気が部屋中に流れた。川口団長が我々のところに戻ると、団員は口々に発声の態度の立派であったことを褒め、しばらくはその話で持ち切りになった。

発声をするのは大変に名誉なことで、各団長は自分がその役を担いたいと言い張って、なかなか話がつかない。すると、我々の隣の団の団長が懐から紙切れを取り出し、くじ引きを申し出られた。無論、各団長には異論がないのでくじ引きに決めて、それぞれがくじを引いた。

実は、発声者を決めるくじ引きの提案者は、右翼の人達の団長であった。昨年頃から日程がこの団体と重なっていたが、当初は不可解な団体だと思っていた。身形《みなり》がバラバラでどこかまとまりがなく、彼らに近づくことがはばかられた。

窓明館で休憩をする時、数名ずつグループを作り、先輩達への挨拶をしていた。そのやりとりを見ていると、団長は山梨県の方で、その他の方は都内の各所から勤労奉仕の志をもって集まってきたらしく、初対面の人達が多いように見えた。

この団体と御会釈をともにして感じたのは、身形に似合わず規則正しいということ。団長が両陛下とお言葉を交わしている間、直立不動で聞き入り、御会釈が終わって両陛下が隣の団体に移られる間、九〇度の角度で最敬礼をしていた。

我が団長の万歳の発声の折り、この団体の人々は「万歳！　万歳！　万歳！」の声を腹の底から振り絞って出していて、周囲の我々も誘われるように唱和ができた。人は身形で判断をしてはならないことを学び直した。

平成一九年八月二三日天皇陛下皇后陛下行幸

平成一九年八月二三日に、両陛下は長居競技場で開催される世界陸上競技大会にご臨席になった。その際の大阪周辺の老人施設のご訪問先には羽曳野市樫山の島田病院が選ばれた。

羽曳野市樫山は、我が浄願会皇居勤労奉仕団を築かれた鎌尾先生の地元でもある。事前に情報が入ったので、ご奉迎の準備にかかった。

まず、島田病院に行き、理事長夫人に会って、我が団の成り立ちと今日までの活動状況を話して、両陛下の行幸当日に病院の玄関脇辺りで、ご奉迎のできるよう配慮をお願いした。

しかし、当日は警備が厳しく、病院側ではどうにもならないと返事があり、仕方なく羽曳野市役所の秘書課に出向き、同じことをお願いしてみたが、ここでも良い答えが得られず途方に暮れた。しかし、天皇のご即位の時のパレードや、皇太子のご成婚のパレードに赴いた経験を生かして、独自にご奉迎の準備にとりかかった。

今日までの勤労奉仕に参加をされた各団長や、主だった団員の方に連絡を取り、ご奉迎の希望者を募ってみたところ、六〇名近くの方々のご賛同を得たので、観光バスを一台仕立てることにして、二三日の午後一時に羽曳野市役所の駐車場に集合の案内を出した。

日が近づいてくると情報が入りだした。まず、羽曳野市秘書課が大阪府警に連絡をしてくれたらしく、府警から電話で、当日は島田病院の向かい側の歩道に我々の団体の枠を取ったとの連絡を受けた。

さっそく羽曳野警察に行き、担当の刑事の方にお会いして、当日の両陛下のお車の流れを教えてもらい、我々の配置場所の図面のコピーをいただいた。配置場所のコピーを持って現場に行ってみた。島田病院の特別養護施設悠々亭の向かい側の歩道が我々の奉迎場所である。改めて府警の配慮に感謝した。

数日前になると、羽曳野市内の各所から駐車場の案内や道路封鎖の時間帯、封鎖される距離等についての指示が回ってきた。悠々亭ご訪問の時間は一時三〇分と教えられ、奉迎者は一時間前には所定の場所に整列するようにと通知が届いた。

八月二三日。この日は滅多にない暑い日であった。

羽曳野市役所内に奉迎用のバスを待たせていると、団員がぞくぞくと集まり、バスの乗車口でめいめいに勤労奉仕の欅を渡して乗ってもらった。奈良の吉野方面から来る人や河内長野から来る人、堺方面からの人もあった。参加届けをされた方を待っていると時間が迫ってきた。数名の人に、指定場所へ先に行ってもらっていたのだが「一般の奉迎者が続々来て場所の確保が大変になってきた、早く来るように」と携帯電話が入って、てんてこ舞い。

道路封鎖の一〇分前にやっとバスが現場に入った。道路の両脇は人垣で立錐の余地もないほどの混みよう。駐車場にバスを入れると早々に指定場所に案内した。

先発の人と府警の係の方達が場所の確保に懸命になっており、我々団員は列横隊に並んで何とか奉迎に備えることができた。

少し経つと府警の係から列の前列に立つ人を特定するように指示があったので、過去の団長経験者六名の方に前に並んでいただいた。すると刑事はトランシーバーで何かしゃべりだした。前に立った各団長の服装の模様を話していたが、訳が分からない。

両陛下のお車の通過が一〇分前にせまった頃、パトカーが進んできてその旨を知らせてくれた。道路の人垣のざわめきが大きくなって、遠くから「万歳！　万歳！」の声がこちらに近づいてくる。

背伸びをして左前方を見ると、数台の先導車が近づいてきて、我々の前を通過した。その後に両陛下のお車が続き、我々の前で特に速度を落とした。するとお車のウィンドーから両陛下がこちらを見て微笑まれた。団長の一人が鎌尾先生の遺影を持って両陛下にお見せした。

我々はお車と一メートルほどの距離にまで近づかせていただき、そこからお車は右折して悠々亭の玄関に入っていかれた。

真夏の盛りの暑さも忘れて、ご奉迎に参加のできたことを口々に喜び合い、団員達はバスで羽曳野市役所に戻り、解散した。

翌日、島田病院の夫人から電話が入った。両陛下は施設の慰問が終わった後のご休憩の時に、ご奉迎した我々のことについて問いかけられ、特に鎌尾先生の遺影に関心を示されて、所在を聞かれたようだ。

両陛下にとり未知の土地のご訪問。皇太子時代からご存知の鎌尾先生の在所を訪れられたことは、何ものにも代えがたいお喜びであったと思う。

数年前に、時の団長が、我々の団の成り立ちをお話した時に、陛下は鎌尾先生に対して

《天皇、皇后両陛下御奉迎》

平成19年8月26日午前10時30分

於：　羽曳野市樫山　島田病院　悠悠亭

8月25日の世界陸上競技大阪大会に、天皇陛下、皇后陛下の御臨席があり、翌26日（日）のお昼に、羽曳野市樫山にある特別養護施設『悠悠亭』に、ご訪問され、浄願会皇居勤労奉仕団の団員50数名でご奉迎をした。

沿道で故鎌尾先生の遺影共々、両陛下をお迎えしたところ、お車の中よりお身体を乗り出すようにして、我々の奉迎をお受けになり、鎌尾先生の遺影をご覧になり、悠悠亭の理事長にお慶びのお言葉が有ったと伝えられた。

天皇皇后両陛下ご奉迎　於：島田病院

労りのお言葉を述べられていた。

平成二〇年の御会釈

平成二〇年の団長は引き続き川口登美子氏にお願いした。

毎度のごとく皇居と赤坂御用地のご奉仕を行い、蓮池濠参集所での御会釈。この時の各地区の奉仕団は、沖縄の勤労奉仕団、熊本の神社関係の奉仕団、東京都内の生長の家の白鳩会の奉仕団、右翼？の奉仕団と我が浄願会皇居勤労奉仕団の五団体が入っていた。

蓮池濠参集所に集まり御会釈の時を待っていた。我が団長は二度目の団長さんで雰囲気にも慣れられて、余裕綽々《しゃくしゃく》。

両陛下お出ましの時間が来て、各団体は整列をし直して両陛下の御会釈に備えた。

いよいよ我が団の前に両陛下がお立ちになった。川口団長は声も爽やかに両陛下にご挨拶を申し上げた後、昨年の羽曳野市への行幸のときご奉迎をさせていただいたことをお伝えした。すると、陛下は「あの時は大変暑くご苦労でした」と述べられた。

この時の団員の中には、ご奉迎に参加した者が一〇名近くいた。陛下のお言葉に改めて感激した。

奉仕団参加者お名前

高嶋　井藤　渡壁　大西　織田　北山　小栗栖　阪本　織田　塩谷　小松　高嶋　関　西山　森田　松本

粟野　和田　岡部　神谷　金山　阪本　坂本　篠原　小松　中谷　佐野　中谷　富田　西尾　橋本　南井　宮澤

敬称略

参加者全員で記念撮影
2017.4.17 皇居伏見櫓前にて

平成 29 年浄願会　皇居勤労奉仕団

様々な所に行幸される両陛下が、羽曳野にお越しの時のことを覚えておられたことは、何にも代えがたい喜びであった。

また、皇后陛下が、川口団長の首に着けていたネックレスに目をとめられて「これは何の実で作られたものですか」とお聞きになるなど、女性同士の和やかな会話があり、我々団員には言葉に尽くせないお土産になった。

平成二一年の団長も川口登喜子様に務めていただいた。平成二二年の団長は五條市の伊藤芭津子様にお願いして奉仕団を続けさせていただいている。

平成二三年は伊藤芭津子団長の元に五〇名の参加申し込みをいただいた。この中のうちの一八名の方々は数回以上の勤労奉仕に参加されている人達で、重ねて参加をされる人数としては過去最高である。

許される限り勤労奉仕を続けさせていただく。これからも過去にも勝る思い出の数々ができることを祈ろう。

平成二二年一〇月吉日

第四章　浦嶋神社と三嶋一聲

浦嶋神社

京都府与謝郡伊根町にある浦嶋神社は私の母方の郷になり、子供の時分から浦嶋神社には馴染んできた。仕事柄、お客さんを伴い浦嶋神社に行くこともたびたびあった。当神社では、平成二一年頃から御遷宮の案内がなされていて、平成三七年に御本殿を建て替える予定とのことであった。浦嶋神社に行くたび、何がしかの寄付をしてきた。

平成二六年の秋に行った時に、宮司に寄付の集まり具合を聴いてみた。宮司曰く「御遷宮はまだ一〇年先の話で、これからだ」。私は景気付けに一〇〇万円の寄付を申し出た。私の本意ではないが、新聞のニュースにすれば、心の動かされる方が現れるのではないか、と思い実行した。

これが新たな縁となり、私は平成三七年まで毎年一〇〇万円寄付することを思い立った。しかし、そこで自分の年齢を考え、同じ寄付をするのであれば、一度に一〇〇〇万円渡したほうが、神社側も助かるだろうと思い、宮司に申し出て、話を進めた。

藤沢さんを伴い二人で浦嶋神社に出向き、小切手にした額面一〇〇〇万円を届けると、宮司は涙を流さんばかりの喜びであった。この時に初めて宮司から宝物館建設の話を聞いた。この一〇〇〇万円を宝物館建設に当ててもよいか、というのである。平成二五年の伊勢神宮の御遷宮のときに、伊勢神宮から旧の御用材を大量にもらった、その御用材で宝物館を建てる、との話である。

宮司の話では、本来は宝物館建設については、別の方から一五〇〇万円の寄付をしていただく予定だった。ところが、肝心の寄付者が亡くなってしまい、遺族の方々に寄付の話を反故にされ、そのために宝物館建設の話が頓挫したらしいのである。

そこに私の寄付の話が入った。宮司は私の寄付金を宝物館建設に当てたい、と話した。私は神社に捧げたものであるから、神社の良い様に使ってもらっていい、と伝えた。

宮司はさっそく、御用材の保管場所に我々を連れて行ってくれた。総代の岡本製材所の資材置き場に、伊勢神宮の旧用材がうず高く積み上げられていた。これを見た時は、震える思いであった。

私はこれで自分の行為に改めて責任と希望を感じ、残る余生を宝物館の建設に捧げたい、自分自身のできることをさせてもらいたい、との思いが募った。そして、大阪を離れ浦嶋神社の近くに住む決心を宮司に伝えた。

大阪でやっている旅行業も、現状、後継者がいないし、藤沢さんとのお付き合いも、先のことを考えると、断つ時期が来たように思えたので、決断をした。

伊根町に移住し浦嶋神社の奉仕に従事

伊根町に移る前に私はいろいろな事を考えた。まず最初に、浦嶋神社の宣伝になると思い、大相撲で今売り出し中の宇良と浦嶋神社を結びつけ、機会をみて宇良君に浦嶋神社の行事に出てもらおうと考えた。

浦嶋神社は本来、宇良神社という名前である。神社庁にもこの名前で届け出ている。古くから浦島伝説でラジオやテレビで紹介されており、それなりに名のある神社である。

宇良君が十両に上がれば化粧まわしが必要になる。その化粧まわしをこちらで作って宇良君に贈れば、土俵上で付けてくれるので、宣伝効果は間違いなしだ、と知人が発案してくれた。

私は清水の舞台から飛び降りる思いで化粧まわしを作ることにした。作り先を探し、東京の渋谷に化粧まわしのメーカーがあるのを知り、連絡をして東京に走った。浦嶋神社の夏祭りの八月四日に間に合わせるためだ。時は平成二七年六月末であった。

藤沢さんを伴い東京の渋谷にあるメーカー「日下」まで直行した。事前にＦＡＸで意匠を知らせていたので、日下ではそれをもとに数点の意匠が造られていた。その中の一点に決め、料金は約一五〇万円と聞いていたので先払いで渡そうとすると、店主は驚き、消費税込みで一〇〇万円にまけてくれた。

当日は石和温泉まで引き返してホテルふじに泊まった。約七〇〇キロメートルの走行で老いの体には負担が重く、当夜は爆睡。

制作期間は約一カ月。八月四日の浦嶋神社の夏祭りには化粧まわしが届けられた。私は藤沢さんと伊藤ヨガの会の先生達を誘い、夏祭りに参加した。浦嶋神社の拝殿に飾られた宇良君の化粧まわしは村人たちに披露され、仰々しく飾られていた。

宇良君はその秋には十両に昇進した。私の贈った化粧まわしをつけた雄姿を土俵の上で見ることができ、大いに浦嶋神社の宣伝になった。

平成二八年四月末には伊根町に移るので、それまでの間、私は大阪でできる準備をしようと、宝物館の宣伝チラシを全国旅行業協会員に送付した。また、宝物館の建設で出た木材の切れ端を使ってお札の制作することを思い付き、その準備に取りかかった。

さらに、そうして作ったお札を入れるミニ玉手箱を思い付き、神社の宮司と連絡を取り合い、ミニ玉手箱の意匠の選定をして、東大阪市にある段ボール箱の製造会社マツダ紙工で、ミニ玉手箱五〇〇〇個を注文して浦嶋神社に送ってもらった。費用は一〇〇万円。

また、大阪にいる間に用意をしようと思い、宝物館完成のポスター約一〇〇〇枚とチラシを一万枚つくった。費用は約二万円。お札製作用の丸鋸も約五万円で購入した。

浦嶋神社には、平成二六年に一〇〇万円の寄付をしていた。改めて一〇〇〇万円の寄付、さらに化粧まわし一〇〇万円とミニ玉手箱一〇〇万円等も私が払ったので、計一四〇〇万円の寄付をしたことになる。約一〇年前に会社が倒産寸前までいった私には考えられない振舞いである。

約一〇年前に社員がいなくなってからは、伊丹民踊協会や伊藤ヨガの会・皇居勤労奉仕、ハイエースで行くグループ旅行を行い、生活は年金で賄った。仕事で稼いだお金が年間約三〇〇万円×一〇年＝三〇〇〇万円ほどの貯蓄をして、私の退職金としたのだ。これが寄付の原資となった。

平成二六年頃の話では、宝物館の完成予定は平成二八年秋と言っていたが、用地になる田んぼの用地使用変更の手続きが農業委員会の手違いで遅れていると知らされた。

平成二八年四月二九日に大阪知事登録第一〇二三号旅行業を返し、四月三〇日に伊根町に引っ越した。しかし、ここでまた手違いが起こる。

伊根町での私の住まいは当初、浦嶋神社前の町営住宅になる予定であったが、宮司の思い違いで空き家がなく、神社から約五キロメートル先の筒川本坂の町営住宅に落ち着いた。

浦嶋神社の清掃奉仕開始

平成二八年五月一日、浦嶋神社の清掃活動を開始。

住まいの前の緩やかな坂道を約一五分行くと知足院という禅寺がある。その寺までの道が毎朝五時からの散歩コースになった。都会で生まれ育った私には全てが新鮮で、朝の散歩をしながら母の幼少の頃のことを思い浮かべて愉しんだ。

住まいの周りには数軒の家があるが、ほとんどの家には人の気配がなくヒッソリとしている。住まいの前のビニールハウスを管理している寡婦の方が犬を連れて毎朝作業をしているのに出会うくらいだ。

六時には神社の本殿前から熊手や竹箒で掃除をはじめる。母のふる里の神社を掃除することは、母への供養のように感じて精が出た。大方一〇時半頃まで掃除をして、橋立まで行くのが日課となる。

橋立周辺から岩滝や与謝野町周辺の喫茶店をたずねてみた。岩滝の喫茶マンウテンを毎度の昼食場所に定め、定休日には一七八号線沿いにある喫茶店に行った。また、岩滝には温泉があり、そこに一日置きに行くことにした。たまには気分転換に、丹後半島を半周したところにある宇川温泉にも行くこともあった。行った先々で知り合いを作り、土地の人達との会話も楽しめた。

問題は浦嶋神社の宮司であった。宮島宮司とは、以前旅行案内で浦嶋神社を訪れた時に、宝物館の玉手箱や浦島絵巻の話を聞くくらいで、個人的な交わりは皆無であった。常識的には神社の宮司はその町の名士であると思う。私も浦嶋神社の先代の宮司の頃から浦嶋神社に馴染んできた。先代が亡くなられ、今の宮司になったときには、先代ほどの親しみをもつ機会がなく、自分なりの宮司像を描いていた。毎日会うことになってはじめて、宮司の為人《ひととなり》が分かりだした。

ズバリ言えば、宮島宮司は非常に常識に欠けた自己中心的な人間であった。都会から来た高齢の私への対応ぶりは、一般人間に対する扱いではないことが徐々に分かってきた。

約五〇〇〇坪の境内の掃除は並の仕事ではない。私はもともと腰が弱く、腰痛に悩まされることが多い。境内の掃除のときにも、三〇分もすれば腰痛が起こるので、騙しだましの作業であった。しかし自分が望んでしていることであるので、弱音を吐かずに頑張った。

頑張れた一番の理由は、伊勢神宮の旧御用材で宝物館が建てられるのを楽しみに待っていたからである。しかし、浦嶋神社に来てみて、宝物館の建設に関わる動きが皆無であること感じた。

平成二八年秋の完成と聞いていたのだが、建設用地の問題がいつまでも定まらない。宮司は「農業委員会の委員長の怠慢で認可が遅れている」と言うのだが、それに対しての手当てが一向になされておらず、相手を責めるばかりだ。

建設用地が定まってもいないのに「天橋立にある丹後の国一之宮・籠神社が、眞井の宮の建設をされるので、宮大工の手がそちらに取られ、半年ほど予定が遅れる」と言いだした。

約二カ月が経ったころ、浦嶋神社前の宇治地区の公営住宅が空いたので、移ることにした。神社はもちろん、もともと母の生家と言われる本庄浜にも近くなったので、遠縁に当たる人達との交流も可能になった。

浦嶋神社の境内の清掃をしながら徐々にわかってきたのは、周辺の氏子と言われる人々が、皆目神社に姿を見せないことである。

ある時、宮司から「秋になれば氏子を連れて日帰り旅行に行くが、どこかよいところはないか」と聞かれた。大阪であれば資料もありいくらでも準備ができるが、伊根に来て地理も定かでない私には無理だ、といったん断った。

しかし、そのあと私はある観光地を思い出した。その日の清掃が終わってから、すぐにその観光地に約二時間かけて走った。兵庫県の柏原城下町である。

大阪にいた頃には、たびたびお客さんを柏原城下町に案内して、好評を得ていた。元陣屋跡や古いお寺が並び、観光センター前には根之木橋という天然記念物があり、無論、食事場所も多くある。観光センターで資料をもらい伊根に帰った。

翌日、宮司に日帰り旅行のコースとして渡すと、宮司は私の資料を見て、ここなら知っている、と素っ気ない返事をよこしてきた。

秋の一〇月半ば、自宅前の公園の掃除をしていた時に、共産党のポスターを貼っている夫婦に会ったので、少し話をした。そこで「最近、浦嶋神社から日帰り旅行に柏原方面に行ってきたが大変に良かった」と聞かされた。

宮司は私が整えてやった旅行企画をそのまま使い、日帰り旅行を実施したらしいが、毎日掃除に入っている私には一言の話もなかった。「お礼の一言くらいは話せないのか」と宮司を問い詰めた。

六月半ばから八月の祭りまでの間、日に日に暑さが増し、境内の掃除も暑さとの戦いになってきた。何十年も手の入っていない、境内の奥の方の掃除などは足元が定まらず、足の悪い私には難儀そのものであった。

また、池の泥浚《さら》えを頼まれた。網で泥を浚えて一輪車で田んぼの畝に運ぶのであるが、これがまた私にとり重労働であった。水を含んだ泥は重いため、加減して積んでいると、それを見た宮司が「わたしならもっと多く積める」と言った。労りの言葉は皆無だった。

八月初旬に夏祭りがあり、宮司に頼まれて玉串料の受付をさせられたが、浦嶋神社の最大の行事である夏祭りの玉串料の総収入が約一五万円しかなかった。そのうちの一万円は私が出したものなので、正味一四万円弱であった。

さらに、直会《なおらい》の参加者は私を含めて七名という寂しさ。伊勢から応援に来られていた宮司の弟さんの姿がなかったので訊ねると「弟は本庄の人が嫌いで参加してくれない」とのこと。

伊勢神宮の旧の御用材が頂けたのは、伊勢神宮に勤めていた弟さんの配慮があったからである。宝物館建設のために大金を寄付し、我が身を捧げて神社の清掃に関わっている私に対しては、何にも増して、いの一番に弟さんの紹介をするべきと思うが……？　紹介はなかった。

実のところ、神社の近くに移り住んで徐々に浦嶋神社・宮司の実情が分かって来たのだった。夏祭りというのに近くに住んでいる妹さんの姿が見えないので、その事についても宮司にただしたが、「父親が妹ばかり可愛がり、幼少から妹とは仲が悪かった」と、子供の言い訳のような言葉が返ってきた。

九月半ばに、浦嶋館の中庭で納涼カラオケ大会が開かれた。私も誘われて参加をしたが、浦嶋神社の夏祭りの人出と納涼カラオケ大会の人出の違いに驚いた。夏祭りの数倍の集まりで賑わっていたのだ。

知人の勧めでカラオケに参加をさせてもらった。特賞を頂けるという名誉？に浴し、私は一躍、村では有名人？になった。

宮司の人柄に失望して清掃奉仕を止める

宮司に対する不信が徐々に募っていき、それから積極的に宮司の身辺を洗ってみた。

宮司には、町役場や町の要職にある人々との交わりが全くない。平成三七年（令和六年）に予定している遷宮のために、一億円の寄付をお願いする際にも、氏子会の意見を求めず、一方的に各家に対して一〇万円の寄付を強要した。

また、伊勢神宮の旧の御用材を受ける時にも、手続きが杜撰で、弟さんが全ての手続きを代行したらしいということ。この御用材を頂くことに対しては氏子会に相談もなく、宮司の一存で決めて走り出したらしい。

後に分かったことであるが、伊勢神宮の旧の御用材は本来、伊勢神宮御遷宮に協力をした全国三万数千社の神社が、そのお礼として受け取るものである。それが、実際には手間を省いて数社の神社にまとめて送られる。そのうちの一神社に選ばれたのが浦嶋神社であった。しかも、宮司の弟さんは当時の御用材配布の元締めを担当されていて、配布の手間を省く?ために浦嶋神社に下賜されたようだった。大型トラック二台分・時価一億円相当だ、と弟さんから後日うかがった。

宝物館の建設用地の問題が一向に進まないことについて、宮司は「農業委員会の委員長が非協力的であるためだ」と私に言っていたが、問題のすべては宮司の人間性の欠陥から生じたものであることが分かった。

宇治の住宅に移ってから、私は村の人達との交流ができるようになり、そこで様々な情報を得た。また、町役場に出向き、町長から宝物館の問題を聞きだしたが、まず、町長が浦嶋神社に対して消極的な態度であることが分かった。

次には、京都府神社庁に出向き、浦嶋神社が伊勢神宮からもらい受けた旧御用材について意見を聴くと、他人事のような返事が返り、浦嶋神社に対して冷ややかな態度であった。その時の事務担当者は元網野神社の宮司さんであったと聞かされた。

さらに、天橋立にある丹後の国一之宮・籠神社に行き、宮島宮司が言っていた、籠神社内の眞井の宮の建設について聞くと、建設予定はあるが、いまだに建設予定地の造成をしているところで、工事にかかれるのは来年の秋頃である、と言われた。

農業委員会や町役場・神社庁・籠神社の話を総合すると、浦嶋神社の宝物館の建設の話は、全てが宮司の思い込みで、何一つ前に進められていないことが分かった。

こうなってみると、千数百万円を投じ、兄弟や知人に頼んで募金を集め、自分自身も大阪の地を離れ、老境の身を浦嶋神社に捧げご奉仕に勤しんできたことが悔やまれた。拝殿の掃除をしていた宮司に真意をただした。

宮司は私に言い訳をしようとした。私は「言い訳は聞かない！　拝殿から降りて来て、ここに頭を下げ謝れ！」と激怒した。私の言葉を聞くなり宮司は庭に降りてきて、簡単に膝間ついて謝った。その軽薄な態度に私は言葉を失い、帰宅した。

その二日後に、地区氏子総代の二人が家に来た。「宮司さんから託されてきました」と言うので、座敷に上がってもらい、預かりものの中身を見ると一千万円であった。

二人の氏子総代に訳を聞いたが、彼らはただ宮司からの言い付けで届けにきた、と言うばかり。私は、浦嶋神社に寄付をした経緯を話して、彼らの神社に対する気持ちを聞きだした。

彼らにしても、地区氏子総代は回り持ちでなっているだけで、宮司との信頼関係は皆無であった。

彼らとしばし語り合い、今後のお付き合いをお願いして別れた。私は改めて神社に行き、寄付金の返却のあり方に注文を付けた。

私の寄付金は、本来、平成三七年の浦嶋神社御本殿の御遷宮に捧げたものであった。宮司の申し出により、宝物館の建設に当てることになったのだ。宮司直々に訳を話しに来てくれれば、一千万円は受け取らず、本来の用途に戻すよう伝えた、と言い、強く宮司を責めた。

私が強く宮司を責めたために、宮司は後に引けず「明日からは境内の掃除はいらない！」と言った。私も激怒して「誰が掃除をするものか！」と言い放って帰宅した。

私はその夜、浦嶋神社に来たことを悔い、寝床で悶々と過ごすことになった。

その二日後、丹後半島を台風が襲った。半島一体と、とくに浦嶋神社周辺に大雨が降り、大洪水が発生した。筒川が氾濫して、伊根町本庄周辺は、床上浸水の家屋が数十軒、稲刈り前の田んぼやハウス栽培の畑は水浸しになり、被害は甚大であった。

翌朝、神社に行くと、私が日頃きれいに掃き清めた境内は、見るも無残な姿に変わっていた。本殿横に立っていた樹齢一〇〇〇年の老木が倒れているうえに、宮司の自宅は床上浸水しており、手の付けられない様子であった。

二日前に宮司と言い争いをしたが、私は、せめて参道だけでも、と思い、竹箒で本殿前の掃除にかかった。すると、宮司があらわれ「掃除はいらないと、言ったでしょう!」と声を荒げたので、竹箒を地べたに叩きつけて帰宅した。一巻の終わり。

宮司は何事においても杜撰な対応をしてきており、それでいろいろと問題が生じた。

平成三七年の御本殿御遷宮行事に関しては、御遷宮費用一億円を捻出するため、在所の氏子の意見を聴かずに、氏子一軒当たりに一〇万円の寄付を割り当てた。全額を一度に払い込む者や、一カ月一万円の割賦振り込みの者に分けて集金がなされたが、それぞれの家から意見が噴出して、募金の集金作業は頓挫してしまった。

また、宝物館の建設についても、一部の氏子総代と相談の上、宝物館建設を思い立ち、大量の旧材をもらい受けたはいいが、建設資金の目当てもなく、結局、私の一千万円の寄付を利用して宝物館を建設しようとしたが、これも頓挫。

これらの問題を思い返すと、宮司のやることは全てが思いつきでしかなく、その問題の一つひとつに対する前向きで具体的な動きが見られない。

私に対しても言い訳に言い訳を重ねた。宝物館建設を決めたことについての言い訳には、氏子の一人から一五〇〇万円の寄付がいただけるので話を進めた、と言っていたが、その大方は作り話であった。

また、宝物館の建設用地としては、神社側の田んぼを宅地転用して使う、と言っていたが、これも杜撰な申請で他人任せのまま。私に対しては、農業委員長の妨害で話が進まない、と言い訳した。つまりは、何の手立ても打たず、人の責任に転嫁してしまっていただけだった。

以上の問題が山積していたので、その一つひとつに対して私は動いた。

まず、伊根町の町長に面会して、農業委員会の問題をただすと、浦嶋神社の宮島宮司が所有している農地は、古くから続いているために、他の人の農地と入り組み、その調整に手間取っている、とのことであった。こうなると、ある程度の段階で政治的な話し合いが必要だが、そのことに対する宮司の理解が乏しく、話にならない、と言っておられた。

宮司の資格に乏しい人間を任命している京都府神社庁にも足を運んでみたが、神社経営の厳しい時節で、神社庁も深入りを避けているようで、話にはならなかった。

浦嶋神社の御遷宮の募金の差し止めをしてもらうために、宮津の地方裁判所にも行ってみたが、氏子からの正式な申し出のない限りは、いかんともし難いと言われた。

私は大阪を引き払いわざわざ伊根町に移住をしてきたが、本来の目標であった宝物館建設が頓挫してしまうと、伊根町に住む目的がなくなってしまった。老いを控えてますます今後の生活のあり方を考えた。

当座のこととして、神社前にあるレストラン&喫茶の浦嶋館の手伝いをすることを思いつき、時間潰しに無給での手伝いを申し出た。店主は伊根町町会議員を兼ねながらシェフをしている、松山氏である。

この浦嶋館にも浦嶋神社との因縁がある。伊根町が国の予算を使って建てた浦嶋館であるが、外観や内部の仕様が神社や周辺との調和に欠け、誰が見ても異様な建物に見える。そのことについて、宮司は浦嶋館の松山氏を仇のように思っている。私から見れば、浦嶋館の建設に取りかかる時に、町や浦嶋神社が強く意見を述べなければならないのに、立ち上がってから大騒ぎをしていては後の祭りに過ぎない。この無用の長物のような建物の維持費が年間六〇〇〇万円かかっているらしい。

浦嶋神社の清掃ができなくなってからは、私は毎日九時過ぎに浦嶋館に行き、店にある朝刊に目を通し、お客さんのある時には手伝いをして、暇であれば昼前から天橋立方面に出かけ、一日置きに岩滝温泉に入り、時には半島を網野に向かう途中にある宇川温泉に行くという、優雅？な生活をさせていただいた。

兄の死、そして伊根町を去る

伊根町に移ってからも、月に一度は大阪の特別養護老人ホームに入居している兄を見舞っていた。一二月二二日、いつものように兄を見舞ったが、痴呆症が進み、私であることが分からなくなっていた。その日の様子から兄の余命のないことを悟り、帰宅して弟の勝夫に伝えた。

日帰りで疲れていて、軽く焼酎を一杯飲み、寝床に入った時に、大阪の老人ホームから電話が入り、兄の死の知らせを聞いた。

仕方なく翌朝早く当座のお金四〇万円を持って兄の施設に走った。七人兄弟の兄は誰にも看取られずに亡くなり、不憫に感じたが、思えば兄らしいことを一つもせず、自分本位な生活をしてきた結果の死であった。

施設の方々の手厚い対応によって、兄は住まいに近い葬儀社に搬送された。私は医師からの死亡届を、死亡した西淀川区の区役所に提出しに行き、豊中市役所に公営住宅の返却届を出し、豊中の社会保険事務所に年金の受け取り停止届を提出し、郵便局の死亡保険の受け取り手続きに走る、などでバタバタとした。

以前から利用している池田の不死王閣に宿泊依頼をして、略式の葬儀の打ち合わせを庄内の玉泉院でしたが、勝夫に連絡をして、必要最小限の葬儀にとどめることの了解を取った。

弟の勝夫や信行は体調がすぐれず、その他の親戚も疎遠になっているので、私一人で通夜をした。本来は翌日には火葬場に行くのだが、あいにく日曜日のため、翌月曜日の夕方に火葬が決まり、私は不死王閣に連泊となった。

日曜日には、玉泉院の担当者に葬儀費用の支払いをした。打ち合わせの折に、最低の密葬になるので、最小必要な経費で、とお願いし、四三万円となり、その支払いを済ませた。月曜日の夕方には小雨が降った。玉泉院からハイエースで火葬場に走ったが、途中から雨がやみ進行方面に虹が架かった。寂しい葬儀ではあったが、その前に虹が兄を送ってくれたように感じて嬉しかった。

骨壺に収まった兄の遺骨とともに不死王閣に行き、寝室のテレビの横に骨壺を置き、生まれて初めての兄弟二人の夜をすごした。

その年の暮れは伊根町で送ったが、年末から翌年にかけて数回の豪雪に見舞われた。都会育ちの私には得難い体験であったが、雪下ろしや雪かきなどには大変な労力が必要で、苦労させられた。

また、冬季には浦嶋館には客足がない。松山氏の住む奥の菰池《こもいけ》で栽培される小豆は有名で、菰池大納言としてテレビに紹介されているが、冬はその小豆の収穫時期に当たり、小豆の選別を手伝った。

春先になり、北摂霊園に兄の納骨に行き、これからの墓守に近い箕面市や池田市及び豊中市の有料老人ホームを数軒見てまわった。適当なところがあれば転居したいと思ったが、私に合う施設がなく、長年住み慣れた羽曳野に走った。

羽曳野市向野にある天然温泉・華の湯が経営している老人福祉施設アンジュに行ってみた。そこは数回下見に行き、知り合いの勤め人もいるので、空き部屋があればよいと思ったが、一年待ちの盛況で、仕方なく軽里の喫茶コロンボに行ってみた。

ここには知り合いが数名いて、一年ぶりに訪れた私を歓迎してくれて、帰阪の訳を問われたのだった。私は伊根町の生活ぶりを一応話して、老人ホームアンジュのことを話すと、その中の一人から、近くにある「はぴねす軽里」の話を聞かされた。

そのときは伊根に帰り着く時間が充分あったので、軽里の「はぴねす軽里」に行ってみた。古市駅から直線で約一・五キロ、羽曳が丘に上る道の左側に、洋館建ての立派な建物があった。

道を隔てて向かい側はスーパーで、少し古市側に下がるとリック羽曳野という総合会館がある。その中に大ホールや図書館や商工会・青年会議所・ロータリークラブに、書店や食堂まであり、利便性は抜群に良いところであった。

施設長から「はぴねす軽里」の館内の説明を受けた。ちょうど一室が空き部屋になり、すぐ入居が可能だという。この施設は、特別養護福祉施設・軽費自立型の老人ホームで、保証金は三〇万円の前払い。一カ月の入居費は一〇万円未満であった。

私は即刻入居を決めて申込書にサィンをした。本来であれば入居の希望者が多く、場合によれば一年待ちということもありえたが、運が良かった。

私はさっそく、古市の友に知らせて伊根からの引っ越しの手配をした。

伊根に帰り浦嶋館の松山氏に伝えると、彼も大変喜んでくれた。宇良の化粧まわしは当分の間、浦嶋館で展示をしてもらうことにし、私は引っ越しの支度にかかった。身の軽さが幸いした。

伊根町の滞在は一年余りであったが、これも決して無駄ではなかったと思う。その後、羽曳野に帰り百舌鳥古市古墳群に関したことにかかわることになる。

伊根町の滞在中に知り合った浦嶋館の松山夫妻、隣接の北西夫妻、地区氏子総代の岩井君と池田さん、遠縁に当たる三野計夫さん等々と、引っ越しの迎えに来てくれた工藤親子と私の一〇名で送別会を催した。

一年ぶりの羽曳野への帰還である。浦嶋神社に残された、伊勢神宮の旧御用材に対する思いが去らず、有効活用が可能であるならば、羽曳野周辺の神社、とくに誉田八幡宮や百舌鳥八幡宮でもらってくれないかどうか気になり、各神社に伺うと、ぜひとも頂けるのであれば頂きたいとの申し入れがあった。

宮司が反省して浦嶋神社で事業に取りかかればよいが、そのままであれば、旧の御用材は朽ちてしまい、時価一億円が無駄になってしまうので、なんとか活用ができないものかと思案して、伊勢の宮島通久氏に会うことにした。宮司の弟である。

通久氏に会いたい旨を伝えると、快く応じてくれて、三重県関市のドライブインで会うことになった。約束の定刻に彼も来てくれて、喫茶店の片隅を借りて話し合いをした。結論を言えば、彼は兄の宮司に関しての意見を述べることを拒み、御用材が朽ちてしまっても仕方がないと言いきった。

表向きは、伊勢神宮の御用材については、私たち宮司は一般人よりも大事に扱わなければならない、と言いつつも、実際問題としては、御身可愛さに嫌な問題を避けようとしたのである。

本来は旧の御用材は全国の神社に贈るものである。それぞれの神社はその御用材を神社の宝のようにして保管するか、または、本殿の傍らにお祀りして、伊勢神宮に祀られている天照大神に対する信仰を新たにし、次の御遷宮に備えるものであろう。

桜井市の等弥神社では、その御用材をいただき、参道に鳥居を建てた、ということであった。宮司さんが直々に私を案内され、喜びを表されたことや、三重県関市にある関神社でも、御用材を使い関宿の通りに鳥居を建てられ、新聞に報道されているのを見たことがある。

このように、御用材を頂いた各神社は、そのことを大変な名誉に思って参詣者に伝えているし、新聞報道を通しても多くの人々に知らされている。そのことを思うと、浦嶋神社の扱いや、それを担当していた宮島通久氏の対応ぶりには、いっそうの腹立ちを覚えるのだった。

浦嶋神社の未使用の御用材を、少しでも頂きたいと思っている誉田八幡宮や百舌鳥八幡宮には申し訳なかったが、これで各神社に対する斡旋を諦めることにした。

「はぴねす軽里」の生活は単調なので、私は施設側に話をして、施設が整えてくれる三食の食事のうち、朝と昼を外食にすることを願いでた。朝は六時過ぎに施設を出て、周辺の池之端の散歩をして、七時にオープンする喫茶店でモーニングをいただき、朝刊を読むことにした。

モーニングを食べ、新聞を読み終えると、散歩をかねて古市の接骨院まで行く。これで早朝の散歩と合わせて一二〇〇〇歩ほどの歩数になる。ほどよい運動ができ、毎日の生活に張りがでてきた。

施設の生活に慣れてくると、気持ちに余裕ができた。いろいろ考えた末に、伊根の浦嶋館に残してきた宇良の化粧まわしを思い出し、少しでも多くの人達に見ていただくのがよいと思い、宇良君が十両に復帰するまでの間、大阪に持ち帰り、施設や各所で展示することを思い立った。

ドライブをかねて伊根の浦嶋館に行き、化粧まわしを預かり、帰る途中に御用材の保管状況を見に寄った。岡本製材所の社長にも会い、御用材の保管に苦慮していることも聞かされた。

浦嶋神社の宮司の杜撰さに、改めて怒りが湧いた。御用材をなんらかの形に変えなければ私の気持ちが収まらず、伊勢神宮の本庁に、この問題を話してみることにした。

年の暮れも近くなったころ、伊勢神宮の本庁の総務課長に、電話で一連の話をしてみた。日を置いて連絡が入り、課長から浦嶋神社の宮島宮司に勧告しておいた、と報告を受けたが、勧告のみで何ら具体的な動きのないままになってしまった。しかし、私の出番はこれまでである。

宇良君の化粧まわしは、施設の玄関先に飾ってもらった。本物の化粧まわしに、施設内の人達は珍しいモノを見たと喜ばれた。約一カ月施設で展示したあと、誉田八幡宮に展示をお願いした。その年暮れから翌年の一月末までは、リック羽曳野の展示ケースでお披露目をした。

二段目まで落ちた宇良君はよく頑張って、七戦全勝で二段目優勝をはたし、翌場所には三段目も七戦全勝優勝をして幕下に昇進した。鳥羽高校の田中先生から、来場所には十両に昇進ができそうなので、化粧まわしを鳥羽高校で預かりたい、との連絡が入り、病んでいる勝夫を連れてドライブがてらに届けに行った。

しかし、宇良君は善戦空しく、朝青龍の甥の豊昇龍に寄られた時に、膝の故障箇所を再度痛めて、また二段目まで陥落してしまった。奮起をしても十両にはなかなか上がることは難しいと思い、再度、宇良君の化粧まわしは浦嶋館行きになった（しかし、令和二年九月場所には幕下五枚目で六勝一敗の成績を取り、一一月場所に念願の十両に復帰した。コロナの問題で一一月の九州場所は両国で開催されたが、この場所で宇良関は九勝六敗と勝ち越した）。

第五章　百舌鳥古市古墳群に展望スカイタワーを

百舌鳥古市古墳群が世界遺産に

令和元年、百舌鳥《もず》古市古墳群が世界遺産に登録された。堺市・藤井寺市・羽曳野市は、これを期に、仁徳天皇陵や応神天皇陵等の古墳群を観光資源とし、多くの人々を呼び込む企画に取り組みはじめた。しかし、いずれの企画も魅力に欠けたもので、せっかくの世界遺産も行き詰まりを感じる結果に至っている。

私は朝の散歩時に誉田八幡宮に参拝するのだが、本殿前に様々なパンレットが置かれている。ある日その中の一枚に目がとまり、見てみると「世界遺産：六寺社巡り」とあった。私は少し興味が湧き、そのパンフレットに従い各寺社を巡ってみた。

誉田八幡宮をスタートして、道明寺・道明寺天満宮と行き、土師ノ里の交差点の北東にある允恭天皇陵から藤井寺市林にある伴林氏神社を参拝し、藤井寺駅側の葛井寺と辛国神社の参拝、その近くにある仲哀天皇陵を見て、応神天皇陵にある宮内庁書陵部事務所で御集印を頂く、というコースである。

このコースの目的は、応神天皇陵・允恭天皇陵・仲哀天皇陵と誉田八幡宮・道明寺・道明寺天満宮・伴林氏神社・葛井寺・辛国神社の、それぞれの御集印をいただくことである。

その色紙が五〇センチ四方の物で、持ち歩くのに不自由を感じた。三か所の天皇陵のご集印は宮内庁の事務所でいただき、六社寺の分はそれぞれでいただく。問題は、宮内庁は土日祝日が休みであるということ。観光客がご集印をあつめるのに支障があることが分かった。

また、道路事情が悪く、道中の景色も今ひとつ。その上に、土日祝日はご集印がもらえないという問題が重なり、これではいかに主催者側が頑張っても、モノにならないことが分かった。

また、羽曳野市では古墳周辺をウォーキングコースということにして、ボランティアガイド付きで案内をしていた。世界遺産登録が決定した当初は、新聞等の宣伝が効き、各所から古市駅前公園に多くの人達が集まった。観光客が古市の町の中をぞろぞろと、騒がしく歩く姿が目についた。

ところが、このウォーキングしている人達のなかには、古墳に興味のある人は少なく、人に誘われて来た人が多い。駅前公園でもらった案内パンフを道端に放置している姿を多く見かけた。

その様子を見て、これは一種の公害ではないかと思ったのである。周辺の商店や町屋の迷惑を考えない人達の、観光というよりは、ただ単なる移動にしか見えないのは、私だけであろうか。

私はより良いコースの選定に奔走してみた。各古墳は、ただ単なる小山としか見えない。古墳の内部には入れないので、せめて古墳群らしいものが見られる場所を探し回り、はびきの中央霊園に行き着いた。

はびきの中央霊園は、羽曳野市の東側の二上山を背にした標高約一〇〇メートルの場所にある霊園墓地である。待合室のベランダから見える景色は素晴らしく、天候が良ければ大阪湾から明石海峡大橋までが見渡せる。

もちろん、眼下には応神天皇陵から周辺の古墳群がよく見える。この場所に一〇〇メートルほどの展望塔を造れば、世界遺産の古墳群の案内が可能になるように思え、いかにして展望塔の建設に到らせるかをただちに考えた。

行きつけの喫茶店でマスターにその話をすると、マスターは、はびきの中央霊園よりもっと良い場所がある、と教えてくれた。道の駅「しらとりの郷」の上の駐車場あたりが最適と思う、とのことであった。

道の駅「しらとりの郷」に行き、売店の上の駐車場に行ってみた。そこは標高約六〇メートルであるが、羽曳が丘住宅街から羽曳野市街を見渡せ、遠くのあべのハルカスが望めた。無論、東方面には二上山や太子町の街並みが見える。北を向くとＰＬの塔がそびえ立ち、葛城山から金剛山と続き、景色は抜群である。また、「しらとりの郷」周辺は、羽曳が丘といわれる小高い丘陵地になっている。白鳥に化身したヤマトタケルが羽を引きずり飛び立ったという伝説があり、羽曳野市の市名の興りの地である。

河内「しらとりの郷」展望スカイタワー（仮称）の立案へ邁進

その後、道の駅「しらとりの郷」の上部に、河内平野や和泉平野が望める大展望塔を建設したいとの思いが湧きおこり、同じ展望塔を建てるのであれば、あべのハルカスよりも高い、三五〇メートルの西日本一の大展望塔を建てようという妄想に駆られた。これは夢物語である。

この夢物語を現実的なものとするために、私は行動を起こした。

まず最初に、道の駅「しらとりの郷」の上部のどこに展望塔を建てるかを考えた。羽曳野市役所のＯＢの方に、仮の話として聞いてみると、道の駅「しらとりの郷」の周辺は、全てが市有地になっていることが分かり、建設場所におよその見当をつけてみた。

問題は超高層の建物を建てるための諸条件である。隣接の富田林市梅が園の住宅地に行ってみると、住宅地から北側は小山になっていて、日照権問題はなさそうだった。

しかし、道の駅「しらとりの郷」の周辺の道路事情に問題を感じた。道の駅「しらとりの郷」は評判が良いため、利用者が多く、常に渋滞を起こして周辺の住宅街から苦情が出ているようだ。

そこで道の駅「しらとりの郷」の上部には展望塔を建てるのみにして、応神天皇陵の周辺にシャトルターミナルを造り、展望塔までの送迎をすることにすれば良いのではないかと思い、応神天皇陵の周辺に駐車場の用地はないか、と探し回った。

その辺りには古墳公園（名ばかりで整備はされていない）やイチジク畑が多くある。その数カ所は放置された状態。現在は耕作しているが、近い将来はイチジクの栽培はやめる、と言っているところもあったので、その周辺を整備して、駐車場を造ればよいのではないかと、奔走してみた。

しかし、役所の世界遺産課に問い合わせると、御陵周辺は埋蔵物の調査が必要で、イチジク畑がなくなれば、いずれは調査にかかる、と言われた。これで駐車場建設の可能性がなくなった。

毎朝の散歩時、出会う人ごとに、羽曳が丘に大展望塔を建てる話をする。大方の人は、私の夢物語に失笑するが、中には羽曳野には何もないので、できればよいことだ、と応援してくれる人も出てきた。

そのような人の中に、コーナン羽曳野店が閉店をする噂が流れている、という話をしてくれた方がいた。コーナンの本店に問い合わせると、将来的には有りうるとのことで、開発部の係に電話をさせる、と言ってきた。開発部の方から電話をもらい、具体的な話になれば、その時に話し合いをすることにした。

堺市や藤井寺市や羽曳野市などで、観光誘致のための企画が様々になされている。しかし、個々の御陵や古墳等の案内を試みても、所詮は古墳の小山や倍塚を見るだけでは、一般の人達には感動も湧かず、むなしい気持ちで帰っていかれるだけである。

応神天皇陵の西側の道路わきに「観光バス駐車位置」の看板が立てられているところがあるが、ある朝散歩をしていると、そこに帝産観光バスが止まっていた。見ると、知り合いの運転手で、挨拶を交わしてしばらく話してみると、遠方から来た人達のための、便所や売店や食堂の設備がないので、添乗員や客から小言を言われ困る、と聴かされた。

その周辺は、形だけは古墳公園と地図には書かれてあるが、イチジク畑の他は放置されたままである。私は、この場所に観光バス三〇台の仮の駐車場と仮設便所を設けるようにと、レポート用紙三枚に打ち込み、役所の観光課に提出したが、その後の応答はなかった。ニュース等で世界遺産登録を知った遠隔地の旅行会社は、客の要望によりツアーを組んで来阪するが、肝心の百舌鳥古市古墳群の大方は受け入れの準備が不備である。

私は数年来、早朝の散歩に応神天皇陵を一周し、毎朝のように誉田八幡宮を参拝している。御本殿の前に神社の案内のパンフレットが置かれているが、ある時その中に「古市古墳群六寺社巡り」のチラシを見付けた。見るとコンパクトな案内であったので数枚もらい、案内されている寺社をまわってみた。

「古市古墳六寺社巡り」の寺社は大型観光バスどころか中型観光バスも入れないところにある。ハイエースワゴンを使い、小グループを案内することは可能である。暇つぶしに、旅行業者が取りあげてくれれば、と思い、全国旅行業協会と大阪府旅行業界の会員五三〇社に、自費でチラシを送付した。

五三〇社の内一〇社から返事が届いた。しかし、「この企画商品を扱っても商売にならない」とつれない返事しか返ってこなかった。

この時は令和二年三月。ちまたでは七月に羽曳野市長選挙が行われ、現職を含めて五名が立候補に名乗り出ていることが分かった。この頃から新型コロナウイルスが発生しだして、コロナ問題で世間が騒がしくなりつつあった。

しかし、私はコロナの問題よりも、なんとか百舌鳥古市古墳群の効果的な案内ができないものかということで頭が一杯で、真剣に様々なことを思い浮かべ、また、友人知人に語りかけたが、妄想であり夢物語と笑い返されることもしばしばであった。

このような時に、私は百舌鳥古市古墳群の鳥瞰図を思い描いた。鳥瞰図で人々の関心を集めようと、絵描きを探し、大阪のその道の方を紹介していただき、五月になれば一度お会いする約束ができたが、コロナ問題で自粛が言われ出し、遅々として前に進めることができなくなってしまった。

私は、羽曳野市の新しい市長に展望塔建設の提案書を出すつもりで動いているが、肝心の鳥瞰図ができなければ説得力が弱い。なんとか良い方法がないものかと思い、気休めに伊根町の浦嶋館に走ってみた。

浦嶋館の松山氏は伊根町の町会議員をされているので、役所対策としての知恵を得たいと思って伺ったのであったが、鳥瞰図の話をすると、なんと彼はもともと鳥瞰図の作成を商いとしていたことが分かり、彼の作品を見せていただいた。

彼に、仮に大阪の絵描きさんに描いていただいた場合の代金を聴いてみた。彼曰く、六〜七〇万円が一般的だが、もしかすれば一〇〇万円くらいかかるかもしれない、とのこと。大阪の絵描きさんの紹介者からも「高くつきますよ」とは聴いていたが、正直なところ、私は一桁読み違えていた。しかし、乗りかかった舟ではないが、新たに覚悟を決めて大阪に帰った。松山氏から彼の作品を二枚頂いて来たので、自室でそれを眺めた。実に素晴らしい絵である。それに引き換え大阪の絵描きさんとは電話でのやり取りで、一度もお会いしていないし、彼の作品がどのようなモノかもわからなかったので、私は松山氏に描いてもらうことにして、連絡を入れると、「私でよければ」と返事がもらえた。

翌日、大阪の絵描きさんには電話でお断りして、鳥瞰図の資料をそろえ、またまた伊根町の松山氏のもとに走った。作品の代金は六〜七〇万円と聴いていたが、五〇万円にならないか、と言うと、了解をもらったので、五〇万円を先払いして作品の制作にとりかかってもらった。

市長選挙は七月一一日。鳥瞰図は六月末までに仕上げて欲しいと話して帰宅した。

六月の第一週木曜日に松山氏は奥さんとこちらに来られ、羽曳が丘の展望塔予定地で、ドローンを上げて周辺の様子を写して、作品の資料として持ち帰られた。

「羽曳が丘に大展望塔を」

私の夢はだんだんふくらみ、どうせ建てるのであれば、あべのハルカスよりも高い、地上三五〇メートルの展望塔を建てようと考えた。そうすれば、西日本一の高さを誇る、世界的な観光地になることは間違いない、と確信した。

羽曳が丘に大展望塔を建てるのは良いのだが、道の駅「しらとりの郷」の周辺の道路はすでに渋滞状態。展望塔関連の駐車場を新たに作ると、渋滞がますますひどくなり、近隣の羽曳が丘住宅街から苦情がでるのは間違いない。そう思い、応神天皇陵の周辺に駐車場を作ることを思い付いた。

百舌鳥古市古墳群が世界文化遺産に登録され、全国各地から観光客が来るようになったが、残念ながら堺市をはじめ藤井寺市、羽曳野市も、観光客に十分に応じ切れていない状態であった。

特に羽曳野市では、応神天皇陵の西側の道路脇に、観光バス駐車場と案内板が一枚立っているだけ。たまたま通り合わせて私が見ると、知り合いのバス会社であったので、側に寄り運転手に声をかけると、彼から嘆き節を聴かされた。

世界文化遺産・百舌鳥古市古墳群の駐車場には案内所や便所も売店もなく、観光客にいかに対応をすればいいのか、思案をさせられている、とのことであった。

前述したように、私はさっそく、レポート用紙七枚の提案書をつくって観光課に届けた。応神天皇陵西側にある古墳公園（名ばかり）にはイチジク畑が散在していて、放置された状態なので、そこに仮の観光バス駐車場と仮設便所一〇個をつくってはどうか、と。しかし、梨のつぶてであった。そのような経緯が、今回の「羽曳が丘に大展望塔を」というアイデアにつながるのであった。

改めて古墳公園の周辺を見てまわり、イチジクの栽培をされている方に、駐車場を造ればイチジク畑を手放すか訊いてみると、自分の後を継いでくれる者がいないので考えてもいい、との返事。そこで市役所の世界遺産課に問い合わせると「御陵の周辺は、新たな事業に入る前には必ず調査が必要だ」と聞かされた。

これで、古墳周辺のイチジク畑や空き地の有効利用は不可能となった。次に目に付いたのが古墳の西側にあるホームセンターコーナン羽曳野店の一号館と二号館であった。

これも周辺の人達の話では、コーナン伊賀店と西浦店ができたので、羽曳野店は閉店にするとの噂が流れている、ということであったので、この場所に展望塔の駐車場を造り、バスターミナルにすれば、羽曳が丘の渋滞の解消と、市役所周辺・古市駅前の活性化につながると思い、その方向に考えを向けた。

私は新大阪にあるコーナン商事の本社に連絡を入れ、羽曳野店の閉店の確認をした。本店の総務課から開発部の方の紹介があり、その方と話が具体化すれば一度お会いする約束を取り付けた。

私が再度市役所に赴き世界遺産課の担当者に話すと、今度はコーナン羽曳野店の周辺、特に道路の東側は埋蔵物調査をするうえで特別な場所であるため、古墳公園と同じ条件であることが分かった。かりに条件にかなったとしても高さ制限があり、道路の東側は一〇メートルで西側は三一メートルとのことであった。

私の構想は行き詰まり、羽曳が丘に大展望塔をつくる夢が消え去らんとしたときに、毎度の散歩で見慣れた場所を見直して見た。コーナン一号店の南にある、数メートルの高さに盛り上げた広大な敷地の美陵ポンプ場に気付いた。

さっそく、隣接して建っているマンションの屋上に上がり見ると、なんとも広大なポンプ場である。さっそくネットで調べてみると、約四〇〇〇坪の土地であることが分かった。

私の夢物語を初めから聞いてもらっている羽曳野市のOBの方に、ポンプ場の話をすると、「中村さん、面白いところに目を付けましたなぁ」と言われた。美陵ポンプ場の上部の有効利用は可能ではないか、と聞かされた。

七月一一日の投票で市長選が始まり、五人の方の立候補者が立ち、市長に当選された人に私の話を持って行きたいと思い、五人の候補者の選定にかかってみた。ちまたの声では維新の党から出ている山入端候補が有利とのことであった。

投票日数日前に山入端事務所に赴き、羽曳が丘に大展望塔を建てる話をして、鳥瞰図のゲラ刷りを届けておいた。翌日、山入端氏から連絡があり、この件はしばらく置いてもらいたい、と言ってきた。

予想通りに山入端氏が市長に当選をしたが、問題はコロナである。世界中に蔓延した新型コロナウイルスの影響で、国内外ともに大変な騒ぎになり、私の夢物語？の提案書を市長に届ける機会を失い、前に進めなくなった。

やがて、コロナが収束し、私の目の黒いうちに、否、私がいなくなってからでも、この提案書に目を向ける人が出てきて、展望塔が建設される日を夢に見ながら筆を置きたい。

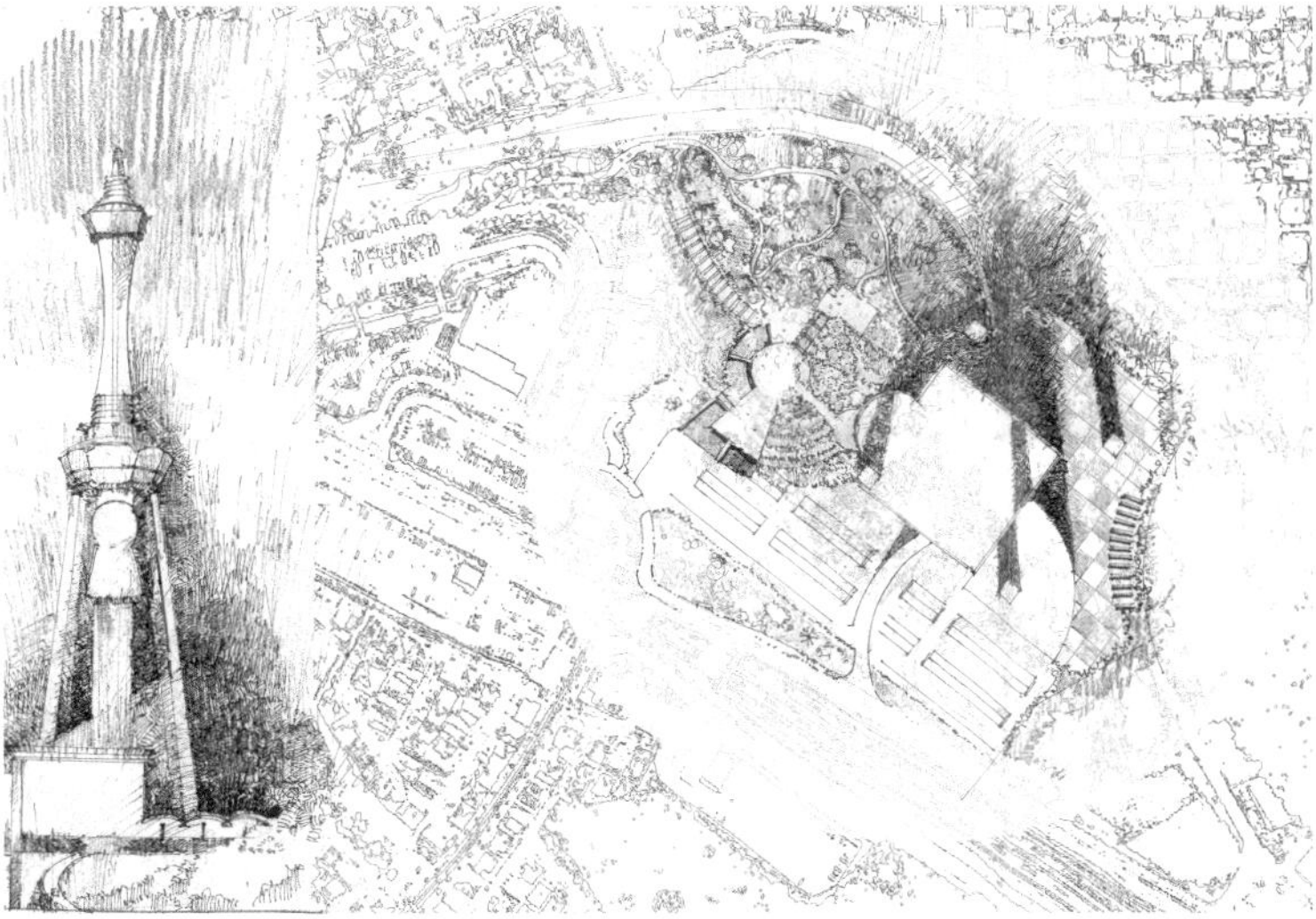

大展望塔完成予想図

追記　浦嶋神社奉賛会との関わり

令和三年の夏、浦嶋神社創祀一二〇〇年祭記念事業奉賛会会長の名で、浦嶋神社宮司の私に対する詫びと、奉賛会に対する新たな協力の要請があった。私としても大きな犠牲を払って浦嶋神社に尽くしてきたことが中折れしてしまい、いくらかの心残りがあった。日を改めて伊根町浦嶋神社に出向き、奉賛会の新メンバーと会い、心機一転、事業推進の心意気を感じて、彼等に協力することを約した。

浦嶋神社にご奉仕していた折に、境内に建てられている三嶋一聲之碑を見て気になっていたが、そのことをメンバーに告げると『最後のロマン 三嶋一聲一生旅』という本を借り受けることができた。

三嶋一聲本人とは約五〇年前に、本庄浜で会ったが、その当時の三嶋一聲はホラ吹き爺さんといわれ、あまり村人の評判は良くなかった。

しかし、借り受けた『最後のロマン……』を読むと、三嶋一聲・三野哲太郎こそが「二〇世紀の今浦島」であることが分かった。そこで私は奉賛会のメンバーに、これを浦嶋神社創祀一二〇〇年祭記念事業に大いに用いるように進言した。画家志望であった三野哲太郎が、中国で馬賊・馬鳳山、歌手・三嶋一聲として活躍する物語を再度世に出したいと願っ

三嶋一聲写真パネル展示室

たが、著者北條喜八氏はすでに亡くなっており、著書も絶版となっていた。そこで私は、これを表題『東京ヤクルトスワローズ応援団の演奏曲！「東京音頭」を唄った三嶋一聲は二〇世紀の浦島太郎？』として復刻した。また、令和四年十月二日に、著書の中に掲載されている多くの写真をパネル三十数枚にまとめて、「(仮称)三嶋一聲写真パネル展記念館」として、宇良関の化粧まわしと一緒に、浦島館内に展示した。

あとがき

令和四年秋、産経新聞の広告欄に「異端とは何か キリスト教の光と影」という本の案内が出ていたので、取り扱い先に電話で注文して読んでみた。

私は昭和三〇年四月に日本イエスキリスト教団大石教会で洗礼を受けたが、その教団の神学校が神戸の塩屋のジェームス山にあった。数ページを読みすすめると、当時の神学校校長の沢村五郎師の名前が記されてあった。

私はこの本を一気に読み終え、版元のアートヴィレッジに電話を入れた。越智社長が出られた。

日を置かず、西宮に出向き越智社長にお会いして私の手製の自叙伝?を見ていただいた。後日、越智社長から自費出版の話があり、私自身の集大成になると思い話を進めた。

一昨年から昨年にかけて、奈良県宇陀市の蓮昇寺の牧ともえ先生（大人の絵本作家）と懇意にさせていただき、不思議なご縁から『河内の偉人 伴林光平』という絶版本の再版をすることになり、先生にお手伝いをしていただいた。また、浦嶋神社とかかわりのある『「東京音頭」を唄った三嶋一聲は二〇世紀の浦島太郎?』という本の復刻版も手がけることができた。

※伴林光平《ともばやしみつひら》は歌人・国学者。世界遺産に登録された古市古墳群の整備にたずさわり、天誅組に殉じた河内の偉人。

※三嶋一聲は、約一〇〇年前の人物。画家を志してパリに渡るも、思い直して帰国する途中に災難に遭い、シルクロードから中国に至り、特務機関員・馬鳳山・馬賊として活躍。関東大震災後に中山晋平に見出されて、「東京音頭」を小唄勝太郎とともに世に出した異色の人物である。

浦嶋神社の宮司とは疎遠になったが、奉賛会のメンバーから懇請を受けて、至らぬながら手伝いをしている。浦嶋神社前にある浦嶋館内に、三嶋一聲のパネル展示館を設け、宇良関の化粧まわしと共に展示してもらった。伊根町の観光施設の一つになると思われる。

以上のような経緯を経て、この本『皇居勤労奉仕……』の出版に至った。越智社長には至らない私の文章のまとめと校正をしていただいた。満八六歳の私にとって、人生の集大成としての良き思い出ができたことを感謝したい。

令和五年二月末日

著者プロフィール

中村宏（なかむら ひろむ）
大阪市大淀区浦江北１丁目98番地 昭和11年11月２日生
玉造経理専門学校２年修了 簿記会計１級取得
兵庫県西宮市 ㈱松田組 経理課勤務 約９年
商船航空サブ ㈱イフツアー 経理担当専務
㈶日本奉仕会大阪支部 事業部長 皇居参観旅行担当
社会研修開発センター開設：近畿、四国、九州方面に皇居参観旅行案内
昭和59年6月19日 大阪府知事登録第1203号 ㈱社研を開設
平成28年4月30日 約35年間の旅行業を閉じる
皇居参観者約8万人500回と皇居勤労奉仕団を35年間勤める
現在、百舌鳥古市古墳群の観光誘致に奔走

皇居勤労奉仕

2023年2月28日　第1刷発行
著　者 ―― 中村 宏
発　行 ―― アートヴィレッジ
〒663-8002　西宮市一里山町5-8・502
Tel：050-3699-4954
Fax：050-3737-4954
URL：http://artvillage.thebase.in/